로크미디어가
유혹하는
재미있는 세상

ROK
MEDIA
로크미디어

이것이 법이다

이것이 법이다 84

2020년 3월 19일 초판 1쇄 인쇄
2020년 3월 24일 초판 1쇄 발행

지은이 자카예프
발행인 이종주

총괄 김정수
경영 지원 배진경 임혜솔 송지유

기획 이기헌 왕소현 박경무
책임 편집 최전경

발행처 (주)로크미디어
출판등록 2003년 3월 24일
주소 서울시 마포구 성암로 330 DMC첨단산업센터 3층 318호, 319호
Tel (02)3273-5135 **편집** 070-7863-8592 **Fax** (02)3273-5134
홈페이지 rokmedia.com **E-mail** rokmedia@empas.com

ⓒ 자카예프, 2015

값 8,000원

ISBN 979-11-354-5668-8 (84권)
ISBN 979-11-255-9575-5 04810 (세트)

이것이 법이다

84

자카예프 장편소설

로크미디어

CONTENTS

지랄을 해야 무서운 줄 알지

노형진은 약속을 지켰다.

박구호의 위치에 대해 말하지 않았다.

그저 의뢰인들에게 빠르게 손을 털라고 조언만 했다.

그러나…….

"노 변호사, 이번 한 번만 살려 주게."

"우리가 봐 온 정이 있지 않나?"

"정이라고 해도 위법한 부분까지 알려 드릴 수는 없습니다."

세풍은 생각보다 안 좋았다.

투자자들은 돈을 빼내고 싶어 했지만 애석하게도 그럴 여력조차 되지 않았던 것.

거기에다 설상가상으로 의료사고까지 났다.

'내가 왜 이런 일을 생각하지 못했지?'

유명 가수의 의료사고.

다른 곳도 아닌 서울에 있는 본사에서 난 사고였다.

그곳에서 난 의료사고로 세풍은 가루가 되도록 까이고 있
었다.

당연히, 가뜩이나 안 좋은 상황에서 터진 그 사건은 거의
머리에 대고 방아쇠를 당긴 수준이었다.

"우리도 빠져나오고 싶네. 하지만 자네도 알지 않나? 이
상황에서 어떻게 빠져."

세풍은 돈을 줄 여력이 없으니 투자금을 회수하려면 소송
을 해야 하는데, 그러면 최소한 6개월이다.

아니, 2심까지 생각하면 2년은 걸릴 텐데, 세풍은 2년은커
녕 1년도 버틸지 의문이다.

"그러니까 왜 그런 멍청한 짓을 한 건지 모르겠네요."

의료사고의 이유는 사실 간단했다.

숙련 미달.

세풍의 운영진은 경영 정상화라는 미명하에 사람을 무차
별적으로 줄였는데, 한국은 연차가 오르면 연봉도 오르는 구
조다.

의사야 어쩔 수 없다지만 당연히 능숙한 숙련 간호사들이
대거 해직당했기에, 수술을 하러 들어간 사람은 초짜 간호사
였다.

'이건 뭐 죽으려고 하니까 별별 일이 다 겹치네.'

더 심각한 문제는, 의사가 수술을 마친 뒤 버릇대로 그 초 짜 간호사에게 봉합을 맡기고 나가 버렸다는 것이다.

간호사에게 봉합을 맡기는 것 자체는 병원에서 흔하게 벌 어지는 일이었다.

하지만 '초짜 간호사'라는 점이 문제였다.

초짜 간호사는 안에 거즈가 있는 것도 모르고 의사의 지시 대로 봉합했다.

그리고 패혈증이 발생한 것이다.

알았을 때는 이미 완전히 늦은 상태였고. 정형외과로 시작 해서 종합병원을 꿈꾸던 세풍에는 치명적인 문제였다.

간단한 사고였지만 그로 인해 그 가수는 최소한 1년은 활 동을 할 수 없다는 진단이 나왔다.

그런데 그 가수가 1년간 벌어들일 수 있는 돈은 100억 이 상이었다.

소속사가 가지고 가는 부분과 그 기간 동안 활동하지 않아 서 지명도가 떨어지는 부분을 배제한 순수익만 말이다.

당연히 소속사와 가수는 손해배상을 청구했고…….

"사람 목숨을 그딴 식으로 취급하는 곳이 제대로 된 곳일 리 없죠."

매년 히트 곡을 내는 유명 가수조차도 그런 취급을 받는 병원에 대해 사람들이 믿음을 가질 수는 없을 테니 환자의 숫자는 급감해 버렸다.

"대충 상황은 알 것 같은데 말이죠."

박구호는 사실 의사라기보다는 경영의 천재였다.

그는 의사로서의 경영에 대해 잘 알았기에 세풍이 성장할
수 있었다.

"그런데 그가 사라졌으니까."

당연하게도 홍지연을 비롯한 홍씨 가문은 그를 찾을 생각
도 하지 않았을 것이다.

이제 필요 없다고 생각했을 테니까.

"하지만 그런 사람들이 경영을 알 리 없죠."

그들이 나서서 경영을 하기 시작했을 테지만 경영에 대해
잘 알 리 없을 테니 어설프게 기업들을 따라 했을 것이다.

하지만 기업과 병원은 완전히 다르다.

하물며 기업도 어떤 기업이냐에 따라 운영 방법이 전혀 다
른데, 다른 기업들의 경영 방식을 어설프게 병원에 도입했으
니 문제가 생기지 않으면 그게 더 이상한 거다.

"그러니까 우리가 자네에게 이렇게 부탁하는 거 아닌가?
자네가 좀 나서서 설득을 해 주게."

"이미 말씀드렸잖습니까? 거절하셨다고요."

"하다못해 어디 계신지라도……."

"말씀 못 드립니다. 이미 완전히 은거하신 분이에요."

은거라는 말에 다들 허망한 표정이 되었다.

그럴 수밖에 없다.

은거라는 건 보통 이미지가 아주 산속에 들어가서 사는 그런 느낌이니까.

'물론 생각보다 가까이 있기는 하지만.'

그걸 노형진은 알려 줄 생각이 전혀 없었다.

'어차피 알려 줘 봐야 무슨 의미가 있어?'

지금의 박구호라면 다시 돌아가더라도 제대로 운영하기보다는 망하게 하기 위해 노력할 것이다.

그러면 차라리 그냥 두는 게 훨씬 나았다.

"아, 미치겠네."

머리를 부여잡고 끙끙 소리를 내는 투자자들.

하긴, 노형진에게 그를 찾아 달라고 사건을 맡긴 사람만 그 투자액이 300억이다.

건너 건너 아는 사람이나 직접적으로 사건을 맡기지 않은 사람들까지 합하면 그 피해액은 수천억에 달할 수밖에 없다.

"그러면 자네가 좀 도와주면 안 되나?"

"제가요?"

"그래. 대룡처럼 말일세."

노형진은 코웃음을 쳤다.

"대룡은 저한테 운영을 맡기지 않습니다. 사건별로 수임할 뿐이지요. 그리고 제가 뭐가 아쉬워서 꼴랑 3억 받고 그곳을 운영합니까? 어차피 그 꿀은 제가 아닌 홍씨 가문에서

다 빨아먹을 텐데."

"끄응."

"모르시지는 않았던 모양이네요."

노형진의 말에 다들 신음을 냈다.

그럴 수밖에 없었으리라.

그들 입장에서는 그에게 보상이 적게 갈수록 자신들이 가지고 가는 게 많아지니까.

'에이, 아무리 그래도 그렇지, 이건 아니지.'

한 건물의 세 개 층을 쓰던 병원을, 10년 사이에 전국 열일곱 개 지점으로 확대했다. 확대된 한 개 지점은 평균 일곱 층 이상의 건물을 쓰고 있고.

그런 사람에게 인센티브도 주지 않다니.

'하여간 한국은 능력 있는 사람을 인정을 안 해요.'

어찌 보면 자초한 일이기에 노형진은 혀를 끌끌 찼다.

"확실하게 말씀드리지만, 저희는 그분에게 절대 알려 주지 말라고 명령받았습니다. 만일 이야기를 흘리면 개인 정보 보호법에 위반됩니다. 더군다나 그렇게 강제로 끌려간 분이 회사를 살릴 것 같습니까?"

"그건 그런데……."

"그냥 포기하고, 가능하면 손 털고 나오세요."

노형진이 해 줄 말은 그것뿐이었다.

"아, 지겨워 죽겠네."

노형진은 짜증스럽게 말하면서 회의실로 들어왔다.

맞은편에 앉아 있던 김성식이 그를 보고 한숨을 푹 쉬었다.

"또 왔나?"

"네, 또 왔네요."

노형진이 우려한 대로였다.

어디서 샌 건지 모르지만 노형진이 박구호가 어디에 있는지 알고 있다는 사실을 알게 된 세풍에서는 매일같이 찾아왔다.

"그 애들은 바보랍니까? 박구호 씨가 무슨 마법을 부리는 것도 아니고."

무태식 변호사 역시 혀를 끌끌 찼다.

지금 세풍의 상황이 아주 안 좋은 건 안다.

그러나 박구호가 모든 걸 해결할 수 있는 카드는 아니다.

"하지만 유일하게 써먹을 수 있는 카드니까요. 그 카드가 싫어서 문제지. 회사라는 조직이 다 그렇지요."

회사에서 쪽쪽 빨아먹힐 때는 개무시하다가 나가면 아차 싶어서 다급하게 다시 돌아오라고 한다.

"그래 놓고 조건은 쥐꼬리만큼 올려 줘요."

"그런가요?"

"네, 제가 아는 분도 그런 식으로 취급받더군요."

망해 가는 회사를 살려 놨더니 월급은 최저임금 이상 주지를 않았단다.

　아무리 사원이라지만 이건 아니다 싶어서 그만뒀는데, 나중에 회사에서 전화가 와서 노는 것보다는 출근하는 게 나을 거라면서 회유를 했단다.

　"그래서 어떻게 했대?"

　"개소리라고 씹어 버렸답니다."

　노는 줄 알고 있었겠지만, 능력 있는 사람을 알아주는 곳은 얼마든지 있는 법이다.

　"다른 회사에 다니면서 기존 연봉의 네 배를 받고 있었거든요. 슬쩍 얼마나 줄 수 있느냐고 물어봤더니 20만 원 더 준다고 했답니다."

　"허허."

　"멍청한 회사네요."

　그 사람이 능력이 있다고 하면 그를 잡기 위해 몸부림쳐야 한다.

　그래야 회사가 산다.

　그런데 어떻게든 싸게 부려 먹을 생각만 한다.

　"그러니까 망하는 겁니다."

　경기가 나빠서 망한다? 그럴 수도 있다.

　하지만 대부분의 기업들이 망하는 이유는 능력 있는 사람을 인정하지 않기 때문이다.

"대체할 수 있는 사람과 할 수 없는 사람을 구분해야 하는데 말이지요."

"박구호는 대체 불가능하다는 건가?"

"네."

노형진은 고개를 끄덕거렸다.

"저라도 그 정도는 못합니다."

"자네는 더 벌잖나?"

"뭐, 운이 좋았던 거죠."

노형진은 회귀해서 미래를 안다.

거기에다 사이코메트리라는 능력이 있어서 기억을 읽을 수 있다.

하지만 박구호는 그런 게 전혀 없다.

만일 경영이라는 부분만 놓고 판단한다면 그는 노형진 이상의 천재다.

"아무래도 그 인간들 접근 금지 받아야겠습니다."

노형진은 이번 일에 관여할 생각이 전혀 없었다.

그러나……

⚖️

"안 된다니까요!"

노형진은 소리를 버럭 질렀다.

"노 변호사, 제발 부탁이네."

"도대체 뭔 상황인지 모르겠습니다만, 다들 왜 그러십니까?"

접근금지명령을 받아서 세풍의 인간을 막았더니 투자자들이 몰려왔다.

이번에는 심지어 의뢰도 하지 않은 사람들까지 몰려왔다.

"우리가 다 망하게 생겼어."

"다른 분 고르세요, 다른 분. 경영 잘하는 분들 많으시잖습니까?"

"그러고 싶지. 하지만……."

말을 흐리는 그들을 보면서 노형진은 자신이 모르는 게 있다는 사실을 알았다.

"제가 모르는 다른 게 있나 보군요."

단순히 박구호가 전에 운영을 잘했다는 이유로 찾는다고 보기에는, 너무 절박했다.

무태식 변호사의 말마따나 그는 마법사가 아니다.

손만 대면 당장 망할 회사도 짠 하고 무조건 되살려 줄 수 있는 사람은 아닌 것이다.

"리디어 투자회사에서 자금 회수를 중지하는 조건으로 제시한 게 박구호의 복직이야."

"리디어?"

노형진은 고개를 갸웃했다.

처음 들었으니까.

"거긴 뭡니까?"

"전문 투자회사인데 말이지……. 하아, 대투자자일세. 투자금이 대략 1조 3천억쯤 된다네."

"네?"

"아니, 노 변호사, 우리가 투자를 하기는 했지만 투자금이 300억이야. 여기 없는 사람을 합해도 1천억은 못 넘어. 그걸로 서울에 빌딩 하나 사겠나?"

"끄응……."

노형진은 대충 상황이 그려졌다.

사실 여기에 있는 사람들도 큰손이기는 하지만, 이런 병원에는 전문 투자회사의 자금이 없을 수가 없다.

당장 서울에서 노른자위 빌딩은 수천억 단위가 훌쩍 넘어간다.

이들이 300억을 투자했다고 한들, 거기에 병원을 세울 정도의 능력은 안 된다.

거기에다 전국에 비슷한 규모의 열일곱 개 체인점이라면 더더욱 말이다.

"그런데 왜 갑자기……."

"노 변호사가 그 사람을 찾은 게 문제가 되었네."

"그게 무슨 말씀입니까?"

노형진은 어이가 없었다.

자신이 그를 찾은 거랑 리디어라는 회사랑 무슨 관계가 있단 말인가?

하지만 이야기를 들어 보니 상황을 알 것 같았다.

"리디어의 투자를 이끌어 낸 것이 박구호였네."

리디어는 박구호의 천재성을 알아봤고, 그를 믿고 투자를 했다.

그런데 그가 실종되었다.

"그 이후에 병원은 말 그대로 몰락 과정을 거치고 있었고."

리디어 입장에서는, 몰락한다고 해서 이미 퍼부은 투자금을 섣불리 뺄 수가 없었다.

당장 박구호가 사라진 것 말고는 달라진 게 없는데 그걸 가지고 투자를 빼기에는 명분이 약했던 것이다.

"그런데 제가 그를 찾아낸 걸 그들이 안 거군요."

"그래."

노형진은 박구호를 찾아냈다.

그리고 박구호는 공식적으로 도움을 거절했다.

"천재가 이끌던 조직은, 그 천재가 사라지면 가치를 잃어 버리지요."

박구호가 없는 세풍은 가치가 급락했다.

더군다나 그가 사라지고 난 후 실제로 세풍은 조금씩 추락하고 있었다.

'이건 생각지도 못한 일인데.'

회귀 전에는 분명히 노형진이 그를 찾지 않았을 것이다.

당연하게도 세풍은 망해는 가지만 그 속도가 빠르지는 않았을 것이다.

'하지만 찾은 게 문제가 된 거군.'

찾았는데 도움을 거절당했다.

리디어 입장에서는 무능한 운영진이 운영하는 회사에 투자할 가치는 없다.

당연하게도 투자금을 회수하기를 원한다.

그리고 1조 3천억 정도의 돈이면 세풍은 한 방에 날아간다.

"우리도 미치겠네."

일단 정상화라도 시켜야 뭐든 할 수 있다.

그런데 그 정상화시키는 데 필요한 조건이 바로 리디어의 돈이다.

그걸 빼 가겠다고 하니…….

"자네가 좀 설득을 해 주게."

"끄응…….”

노형진은 사실 이 사건에 관심도 없었다.

박구호는 선을 그었으니까.

'세상에서 가장 무서운 것이 잃을 게 없는 사람이라고 하지.'

박구호는 이미 모든 것을 내려놓았다.

그냥 가난한 삶을 살아가는 게 아니다.

노숙자다.

그가 뭐가 아쉬워서 이쪽에 매달리겠는가?

"제발 어떻게 안되겠나?"

"하아."

노형진은 한숨이 절로 나왔다.

마음 같아서는 안 하고 싶다.

하지만 그랬다가는 자신들에게 사건을 맡기는 큰손을 몇 명이나 잃어야 한다.

이런 경우 해 줄 수 있는 것은 한마디뿐이다.

"일단 최선을 다해 보겠습니다."

그것 말고는 노형진이 할 수 있는 게 없었다.

"그런가요?"

"네. 복직 생각은 없으시지요?"

"전혀요."

그는 남은 소주를 입에 털어 넣으면서 말했다.

"내가 뭐가 아쉬워서 거기에 다시 기어들어 갑니까?"

'그럴 만하지.'

가 봐야 좋은 꼴은 못 본다.

더군다나 착취만 당할 게 뻔하다.

그가 누리고 살고자 한다면, 그냥 지금까지 번 돈으로 놀고먹어도 된다.

그는 노숙자의 삶을 선택했다.

타고나기를 그런 성향이다.

'그런 성향을 누르고 30년을 살았으니.'

일단 터진 이상 말릴 방법은 없다.

"알겠습니다. 그러면 거절한 걸로 알겠습니다."

"의외네요."

"네?"

"애들을 팔아서라도 절 끌고 갈 줄 알았는데."

박구호의 말에 노형진은 피식 웃었다.

"부모를 존중하지도 않는 애새끼들인데 제가 신경 쓸 필요는 없지요. 더군다나 그 아이들, 지금 다 성인 아닙니까?"

"성인이지요."

아들 하나, 딸 하나. 둘 다 성인이다.

그리고 아버지를 무시했다.

"자신의 행동에 대해서 책임을 지는 게 성인입니다."

"노 변호사님은 진짜 다른 사람들하고 다른 것 같네요."

박구호는 그런 노형진을 보면서 실실 웃었다.

"다른 사람들은 그런 이야기를 들어도, 그래도 애들을 생각해서 들어가라고 할 텐데요."

"뭐, 한 스무 살까지는 그러겠지요."

하지만 이미 아들은 스물여덟 살, 딸은 스물여섯 살이다.

나이를 그만큼이나 처먹고도 돈이 없다는 이유로 부모를 무시한다면, 그다지 좋은 인성을 가지고 있다고 보기는 힘들다.

"의뢰인들을 잃어버린다면서요?"

"그러겠지요."

노형진은 어깨를 으쓱했다.

"하지만 원래 변호사라는 직업에 영원한 관계는 없습니다."

주거래처가 될 수는 있다.

하지만 주거래처라는 것은 말 그대로 거래처일 뿐이다.

그들이 사라질 가능성은 언제나 존재한다.

"안타깝기는 하지만, 그분들이 그 재산 날린다고 길바닥으로 나앉을 분들도 아니고요. 그리고 거래처가 무서워서 계속 끌려가면 결국 위법까지 저지르게 됩니다."

로펌에서 위법을 저지르다 걸리면 그 이미지는 개판이 된다.

차라리 깔끔하게 털어 내는 게 장기적으로는 나은 선택이다.

"마음에 드네요, 새론."

노형진의 말에 박구호는 씩 웃었다.

"뭐, 새론이 그렇게 한다고 하니 방법이 없는 건 아닙니다만."

"네?"

"자유롭게 사는 것과 오래 사는 건 전혀 다른 문제라서요."

머리를 북북 긁는 박구호.

"슬슬 길바닥 생활 좀 청산해 봐야겠어요."

"노숙자의 삶이 힘겨우신가요?"

"편하다면 거짓말이지요. 애초에 제가 의사인데 이런 삶이 건강에 나쁘다는 걸 모르겠습니까? 돈을 잃으면 절반을 잃어버리지만 건강을 잃어버리면 전부를 잃는 거라는 말도 있지 않습니까."

원하면 원하는 대로 살 수 있다고 하지만, 그렇다고 해서 그 삶이 마냥 좋은 것은 아니다.

사람들의 무시를 받고, 삶도 불편하다.

그건 자유와 맞바꿨던 선택이다.

"하지만 사실 제가 꼭 다 버려야 그렇게 살 수 있는 사람도 아니고요."

그가 벌어 둔 재산만 해도 적지 않다.

월급쟁이라고 하지만 분명 그의 소득은 상위 1%다.

"그 말씀은?"

"제가 자리를 잡기 위해 움직이면 말이죠, 분명 드러날 겁니다. 안 그래도 그 때문에 고민 중이었거든요."

자리를 잡는다는 것은 신분이 증명되어야 한다는 것이다.

자신이 작은 원룸이라도 하나 얻는 순간 전산에 등록되고, 세풍은 그걸 잡아낼 것이다.

"뭐, 세풍이 망할 때까지 기다렸다가 그럴까 생각도 했는데, 또 제가 이룩한 게 완전히 망하는 것도 영 마음이 불편하고."

"무슨 뜻인지 알겠네요."

그가 혐오한 것은 자신을 무시한 가족이지, 자신이 키운 세풍이 아니다.

"그래서 제가 복직하더라도 더는 무시당하지 않고 싶은데요."

"복직 생각이 전혀 없는 건 아니시군요."

"가족들은 망해도 그만, 안 망해도 그만입니다."

다만 기회를 한 번 더 주고 싶다는 생각 정도만 할 뿐이라는 게 박구호의 마음이었다.

"기회라."

"네. 사실 그렇잖습니까? 여기서 고개를 숙이고 들어가면 저는 또 그 삶을 살아야 합니다."

물론 또 나올 수도 있다.

하지만 그때는 이미 그들이 모든 대비를 다 해 둔 상황이 될 것이다.

그러면 그가 나가도 큰 타격은 없다.

'묘한 감정이네.'

망하게 두고 싶지만, 또 한편으로는 망하게 두고 싶지 않은 마음.

자신을 무시해서 보기도 싫은 가족이지만 또 한편으로는 그래도 자기 새끼라는 마음.

"감정이라는 것은 이율배반적이지요."

히죽 웃는 박구호.

노형진 역시 그런 그의 마음을 이해했다.

"좋습니다. 그렇게 말씀하신다면 방법이 있지요."

"방법이 있다고요?"

"네. 가족을 버리시면 됩니다."

"네?"

"가족이라는 게 뭡니까? 같이 먹고사는 사람 아닌가요?"

"네."

"그러니까 가족을 버리세요."

"그게 무슨 말씀이신지?"

"저한테 의뢰하시면 절대적 갑을 만들어 드리겠습니다, 후후후."

⚖️

"이혼요?"

"네."

노형진의 말에 투자자들은 당황했다.

설득하러 간다고 갔던 사람이 갑자기 최후통첩을 들고 왔다.

그것도 아주 핵폭탄급으로.

이걸 리디어가 알게 되면 뒤도 돌아보지도 않고 돈을 모조리 빼내 갈 것이다.

"진짜로 이혼을 하고 싶어 한다고요?"

"자꾸 찾아오는 게 짜증 난다고, 아예 이혼하고 선을 끊어 버리고 싶으시다네요."

"망했다."

"이거 어쩌지?"

"지금이라도 빼야 하나?"

"아니, 빼고 싶다 해도 그쪽에서 줄 돈이 없잖아."

"건물이라도 잡아야……."

웅성거리는 사람들.

그들은 당장 날리게 된 돈 때문에 죽을 것 같았다.

노형진은 그들이 한참 그렇게 떠들도록 내버려 두었다.

그리고 다들 지쳐서 슬슬 침묵이 흐를 때 슬쩍 사탕을 던 졌다.

"하지만 이게 우리에게 기회가 될 수 있지요."

"네? 기회라니요?"

"이혼한다는 건 가족과의 관계를 끊는다는 말입니다."

"그렇지요. 그러니까 문제가 되는 거 아닙니까?"

"하지만 재산 역시 분할되죠."

"네? 그게 무슨 말이죠?"

"지금 박구호 씨는 세풍과 아무런 관련이 없습니다. 그냥 전 고용인일 뿐이지요. 하지만 이혼하면 상황이 달라집니다."

홍지연의 아버지는 병원을 가진 의사였지만 이미 죽었다.

그리고 당연하게도 그 재산은 홍지연이 물려받았으며, 가 족이기에 그리고 아내이기에 박구호는 최선을 다해서 회사 를 키웠다.

"반대로 말하면 이혼을 하게 되면 그 재산 중 상당 부분을 박구호 씨가 가지고 가게 된다는 겁니다. 현금으로 그 모든 걸 줄 수는 없을 테니, 아마 병원의 지분 역시 포함되겠지요."

다들 고개를 번쩍 들었다.

"지분을 가지고 있다는 건 관계가 만들어진다는 의미고요."

관계가 있다면, 그리고 그 안에서 돈이 나온다면 박구호는 세풍이 망하게 그냥 두지는 않을 거라는 생각.

그게 모두의 머릿속을 스치고 지나갔다.

"그럼, 이혼을 하게 되면 주주 중 한 명이 된다는 건가요?"

"네, 현행법상으로는 그렇습니다."

집이 한 명의 명의로 되어 있다고 해도 이혼을 하게 되면 그 집은 분할 대상이 된다.

설사 그 다른 한 명이 집에서 주부로서 생활을 했다고 해도 기여분이라는 것이 인정되기 때문이다.

"그건 회사도 마찬가지이고요. 그리고 이 경우는 박구호 씨의 기여분이 압도적입니다."

그는 작은 병원을 키워서 한국에서 손꼽히는 체인점을 만들어 냈다.

30년간 대표로 활동했으니 그 기여를 증명하는 것은 충분하다.

"이혼을 할 때 그 부분을 어필하는 겁니다."

기여분을 많이 확보할수록 그는 세풍의 지분을 더 많이 가지고 가게 된다.

"그러면 그분 입장에서는 자기 재산이 날아가는 걸 두고 볼 수는 없게 되지요."

"오오, 그런 방법이! 그러면 그분도 동의하신 겁니까?"

"일부만요. 그분은 자세한 건 이야기하지 않았습니다. 그냥 이혼하고 싶다고만 하셨지요."

돈을 더 달라는 것도 아니다.

그냥 가족 관계를 끊고 살고 싶다고 했다.

최소한 노형진은 상대방이 그렇게 생각하기를 원했다.

"이혼이라⋯⋯."

"웃긴 일이지요."

가족을 위해 희생할 때는 그렇게 무시받던 사람이, 정작 가족을 버리면 존중받을 수밖에 없는 구조가 된다.

"그러면 우리가 그를 도와야 하는 겁니까?"

"도와주실 수밖에 없을 겁니다."

"끄응⋯⋯ 그렇지요."

만일 이혼소송을 하여 그가 지분을 가지게 된다면, 그에게는 그를 편드는 우호 지분이라는 게 생길 수밖에 없다.

"리디어는 무조건 박구호 씨를 편들 겁니다."

이쪽이 아무리 노력해도 그들의 지분을 이길 수는 없다.

"그러니까 우리가 그의 편을 들어 준다면⋯⋯."

"그걸 가지고 설득해 보겠습니다."

노형진은 차분하게 말했다.

"망하는 것보다는 나을 테니까요."

"이혼이라니! 이혼이라니!"

홍지연은 정신이 아득해졌다.

남편이 실종된 당시에 실종신고는 했지만 찾기 위한 노력은 일절 하지 않았다.

한편으로는 그 인간이 사라져서 마음대로 돈을 쓰고 회사를 주무를 수 있다고 속으로 좋아하기도 했다.

상황이 많이 바뀌었지만, 그럼에도 이혼이라는 카드는 전혀 예상하지 못했다.

"저희는 정식으로 수임했습니다."

"누구 마음대로 이혼이야!"

"의뢰인 마음대로죠."

"누가 이혼해 준대!"

"이 경우는 이혼을 안 해 줄 수가 없을 텐데요?"

노형진은 씩 웃으며 말했다.

"지난 4년간 실종 상태였고 사실상 부부관계는 종료되었지요. 홍지연 씨 같은 경우는 남편분을 찾으려는 노력도 하지 않았고요."

"아니, 자기 발로 나간 인간을 어떻게 찾아!"

"가출은 다 자기 발로 나가는 겁니다."

노형진은 느긋하게 말했다.

"어찌 되었건 이런 경우는 사실상 혼인 관계가 파탄이 난 거죠. 만일 소송을 하게 된다면 결국 법원에서는 이혼을 인정하게 될 겁니다. 그런 만큼 서로 좋게 좋게 합의이혼으로 갔으면 합니다만."

"개소리하지 말라고 해! 누가 합의이혼을 한다는 거야!"

홍지연도 바보는 아니다.

이혼하면 무슨 일이 벌어질지 모르지는 않았다.

'그러면 애초부터 사람을 사람 취급해 주든가.'

이런 사람들은 자기 입장에서만 생각하고 자기만 힘든 줄 안다.

"저희는 일단 소장을 접수할 겁니다. 아, 그리고 '4주 후에 뵙겠습니다.' 같은 숙려 기간은 기대하지 마세요. 아예 출석도 안 할 테니까요."

노형진은 느긋하게 말하면서 자리에서 일어났다.

"그럼 이만."

"자…… 잠깐!"

노형진은 뒤도 돌아보지 않고 그곳에서 나왔다.

어차피 계획을 위해서는 이혼은 피할 수가 없다.

노형진이 바깥으로 나오자 기다리고 있던 고문학이 문을 열어 줬다.

"뭘 이렇게까지."

"그냥 재미있는 구경거리 대신입니다, 하하하."

고문학은 웃으며 말했다.

"그런데 이혼을 받아들일까요?"

"안 받아들일 겁니다. 아마 소송으로 가겠지요."

"그러면 여기에 온 이유가 없지 않습니까, 그냥 우편으로 발송해도 되는 걸."

"제가 여기에 온 건 홍지연을 보기 위함이 아닙니다."

"네?"

고문학은 고개를 갸웃했다.

"그러면 누구를 보러 오신 겁니까?"

"그의 두 자녀를 보러 왔습니다."

"두 자녀를요?"

"네."

노형진은 느긋하게 말했다.

"그 두 자녀가, 부모가 이혼소송 중인 사실을 알아야 하거든요."

이혼소송은 기본적으로 당사자들 간의 싸움이다.

아이들이 어리다면 문제가 되지만 이미 두 자녀는 성인.

즉, 두 자녀가 이 싸움에 관여할 이유는 없다.

"하지만 그들이 미리 알게 된다면 상황은 달라지지요."

"뭐가 달라지는지 이해가 안 가는데요?"

"가서 보시면 압니다, 후후후."

사건은 예상대로 진행되었다.

노형진은 박구호를 대신해서 이혼소송을 걸었다.

그리고 당연하게도 홍지연은 변호사를 사서 이혼을 막으려고 했다.

"재판장님, 이혼에 있어서 귀책사유가 있는 사람이 이혼을 요구하는 경우 해당 이혼은 인정되지 않습니다. 원고 박구호는 4년 전 무단으로 가출한 후 어떠한 연락도 하지 않고 지냈으며, 그로 인해 혼인 관계가 유지가 되지 못한 부분이 있습니다. 그럼에도 불구하고 이혼소송을 거는 것은 자신에게 귀책사유가 있다는 것을 인정하지 않는 파렴치한 행동입니다."

노형진은 상대방 변호사의 말을 들으며 고개를 끄덕거렸다.

'그렇지. 그건 철칙이지.'

이혼에서 귀책사유는 아주 중요한 요소이다.

가령 바람피운 남자가 아내에게 이혼을 청구하는 경우, 법원은 그 귀책사유가 남편에게 있다 해서 이혼을 인정하지 않는다.

바람을 피우는 사람들이 뻔뻔하게 재혼하는 것을 막기 위해 그러한 규칙을 만든 것이다.

'그리고 이 경우는 명백하게 박구호에게 귀책사유가 있지. 일단은 말이야.'

4년 전 사라진 후 연락 한번 하지 않았다.

혼인을 유지할 의무가 있음에도 불구하고 말이다.

그리고 노형진은 그들이 그걸 노릴 거라는 걸 알고 있었다.

'하지만 이건 승리의 비율의 문제가 아니지.'

이쪽이 단 1%라도 지분을 가지고 오는 순간 게임은 끝난다.

그에 반해 저쪽은 이혼이 인정되는 순간 패배한다.

그렇기에 사실 이 재판은 공정한 재판은 아니었다.

"재판장님, 그 부분에 대해 귀책사유는 원고 박구호가 아니라 피고 홍지연에게 있다고 주장하는 바입니다."

"가출을 한 것은 박구호입니다만?"

"하지만 그 가출의 원인을 제공한 것은 홍지연입니다."

노형진은 미리 준비한 탄원서를 재판정에 내밀었다.

"이 탄원서들을 봐 주시기 바랍니다. 원고 박구호가 일하던 당시에 투자를 했던 투자자들의 탄원입니다."

핼쑥해지는 홍지연의 변호사.

이건 생각지도 못한 상황이었기 때문이다.

"이 탄원서에 따르면 홍지연이 원고 박구호를 무시하고 사람으로 취급하지 않는 장면을 수차례 봤다고 합니다. 원고는 평생에 걸쳐서 세풍이라는 병원을 키웠지만 세풍의 실소유

주는 피고 홍지연의 아버지였고, 그가 사망한 후 피고가 물려받았습니다. 그리고 그 후에 홍지연은 그 지분을 독점하고 원고에게 조금도 나눠 주지 않았습니다."

"재판장님! 사망 후 유산의 상속은 이번 사건과 관련이 없습니다!"

"재판장님, 그 당시에 이혼을 했다면 관련이 없지요. 하지만 무려 25년입니다. 25년간 원고는 피고와 세풍을 위해 헌신했습니다. 하지만 기본적으로 그는 투자자가 아니었기 때문에 해당 지분의 과실은 홍지연이 모두 가지고 갔습니다."

그건 문제가 안 된다.

문제는 그렇게 돈이 늘어나자 홍지연이 박구호를 무시했다는 것이다.

"과실책임을 논하는 데 있어서 혼인 파탄의 책임이 원고에게 상당 부분 있다는 것은 인정합니다. 하지만 피고는 원고를 가족이 아니라 기업에서 일하는 노예로 취급했습니다."

노형진은 이미 관련 자료를 찾아낸 후였다.

사실 그건 어려운 일이 아니었다.

"피고는 4년 전 원고가 가출하고 나서 경영인으로 취임했습니다. 그 전에는 해당 병원을 운영하는 데 있어서 어떠한 업무도 담당한 적이 없습니다."

차라리 같은 의사로서 같은 병원에서 근무라도 했다면 모를까, 그녀는 그것도 아니었다.

말 그대로 들어오는 돈으로 편하게 먹고살았다.

"지분을 독점하고 그걸 이유로 남편을 얼마나 심하게 무시하는지 해당 주주들도 익히 알 수 있을 정도였기에, 그들이 이렇게 탄원서를 내게 된 것입니다."

"재판장님, 탄원서는 법원에서 아무런 효과가 없는 서류입니다!"

"그러면 해당 탄원서를 낸 사람들을 증인으로 신청하도록 하지요. 그분들은 박구호의 억울함을 풀어 줄 수 있다면 증언도 하시겠노라 약속했습니다."

피고 측 변호사는 진땀을 흘렸다.

'그렇겠지.'

이혼소송은 복잡하다.

한 명이 바람피웠다고 해서 무조건 그 사람에게 죄를 묻는 구조가 아니다.

지금같이 배우자를 무시하고 사람 취급도 해 주지 않아 결국 그가 집을 나갈 수밖에 없는 상황을 만든 경우, 그렇게 할 수밖에 없도록 몰아간 사람에게 더 많은 책임을 지우기도 한다.

"원고 측은 지난 4년간 서울역에서 노숙자로 살아왔습니다. 해당 사항은 그 지역 경찰이나 역의 노숙인들에게 물어보면 확인할 수 있을 것입니다. 재판장님, 이해가 가십니까? 사람을 얼마나 괴롭히면, 매년 3억 이상의 연봉을 받고 몇조 대의 병원을 운영하던 사람이 모든 걸 버리고 노숙자의 삶을 선택할까요?"

"으음……."

판사는 심각한 표정이 되었다.

'그래, 그렇겠지. 판사도 결혼했을 테니까.'

결혼해서 배우자와 트러블이 없을 수가 없을 것이며, 간혹 다 때려치우고 이혼하고 싶은 마음이 들지 않을 리 없을 것이다.

하지만 대부분은 참는다.

'못 참는다는 것은 그 문제가 심각하다는 증거지.'

판사라고 해도 결국 판단의 기준은 그 자신이 된다.

그가 공감하기 시작하면 유리한 것은 이쪽이다.

"원고의 증언에 따르면 마지막으로 같이 밥을 먹은 게 가출 3년 전이라고 합니다. 하루에 세 마디 이상 대화를 하지도 않았고, 그나마도 대부분 업무에 관한 질문이었다고 합니다."

"하지만 그렇다고 해도 그가 가정과 회사를 버리고 나갔다는 것은 부정할 수 없는 사실입니다."

"그건 부정하지 않습니다. 분명 원고 측에게도 과실이 있습니다. 하지만 그럴 수밖에 없도록 만든 피고 측에 더 많은 과실이 있다고, 본 변호인은 생각합니다."

노형진이 차분하게 공격하자 상대방 변호사는 어쩔 줄 몰라 했다.

'그렇겠지.'

대부분의 경우 이런 상황에서 이혼을 하는 당사자는 자기 변호인에게 자기 과실을 알리지 않는 편이다.

이혼은 다른 사건보다 훨씬 더 감정적인 사건인지라, 더욱 감정적으로 이야기하게 되기 때문이다.

"하지만 증거가 없지 않습니까?"

"증인은 있습니다. 지난 20년간 원고와 피고의 가정에서 근무한 근무자들의 명단입니다."

"근무자들?"

"그렇습니다. 가사도우미, 보통 가정부 또는 파출부라고 불리는 사람들입니다. 해당 근무자들을 증인으로 신청하도록 하겠습니다."

매일같이 출근해서 집안일을 하는 사람들.

그들이 그 집안의 상황을 모를 리 없다.

당연하게도 그들은 박구호가 얼마나 무시당했는지에 대해 증언할 수 있을 것이다.

"아니, 이게 무슨……."

홍지연의 변호사는 당황했다.

단순히 남편이 가출 후 이혼소송을 걸었다고 해서 쉽게 이길 거라 생각했다.

그런데 정작 의뢰인의 치부가 드러나고 있었다.

그는 나름대로 어떻게 해서든 방어를 하려고 했다.

"재판장님, 하지만 이 사건에서 피고는 최선을 다했습니다."

"최선을 다했다는 것이 주변에서도 모두 피고의 남편이라는 존재를 무시하게 한 것인가요?"

"하지만 그런 증거는 없지 않습니까!"

"설사 증거가 없다고 해도, 이번 사건에서 두 사람은 사실상 혼인 유지의 실익이 없습니다."

그 말이 맞다.

혼인을 유지한다고 해서 두 사람이 합치거나 할 가능성은 제로에 가깝다.

"이에 원고 측은 이혼 및 재산 분할을 인정해 줄 것을 요구하는 바입니다."

"회사를 살린 것은 피고 홍지연입니다!"

그녀의 변호사는 소리를 버럭 질렀다.

어떻게 해서든 수익을 보호하기 위해서였다.

"과연 그럴까요?"

노형진은 피식 웃었다.

그런 인간이었다면 재판까지 오지도 않았을 것이다.

"참고 자료는 여기 있습니다. 여기 두 사람의 카드 내역이 있습니다. 원고가 가출하기 전의 기록입니다. 이 기록에 따르면 한 달 평균 홍지연이 쓴 돈은 3천만 원 이상입니다. 반대로 원고인 박구호는 한 달 평균 500만 원 미만의 금액을 사용하였습니다."

노형진이 미리 준비한 카드 내역을 내놓자 사색이 되는 피고 측 변호사.

"그리고 이다음 장은, 원고가 가출하기 전과 후의 병원 판공비 결정 내역입니다."

노형진은 수치를 정확하게 지적했다.

"이 기록에 따르면 박구호의 판공비 한 달 사용 내역은 평균 700~800만 원 정도입니다. 그에 반해 피고 홍지연의 상황을 보면 한 달 평균 판공비가 3천만 원 이상입니다. 무려 네 배 이상 차이가 나는 수준입니다. 그에 반해 피고가 대표가 된 후 회사는 급속도로 침체기를 걷기 시작했습니다. 직원의 20% 이상이 해직되어 내방하는 손님이 30% 이상 감소한 곳도 있습니다."

사람은 병원을 가던 곳만 가려는 습성이 있다.

특히나 만성 환자의 경우 어지간하면 병원을 옮기지 않는다.

그래야 꾸준히 진료를 받을 수 있기 때문이다.

그런 손님들이 떠나간다는 것.

그건 반대로 말하면 내부에 심각한 문제가 있다는 의미이다.

"그런데 피고 스스로가 망해 가던 병원을 살린다고요? 심지어 리디어 투자회사에서는 원고의 복직을 조건으로 투자 회수 여부를 결정하겠다고까지 했습니다."

피고 변호사는 당혹스러운 표정이었다.

'그래, 그렇겠지. 아마 4년간 가출한 남자가 갑자기 이혼 소송을 해 왔다고만 들었겠지.'

보통 그 정도면 귀책사유는 100% 남자에게 있다.

대부분 남자가 다른 여자와 눈 맞아서 집에 안 들어오는 경우니까.

"더군다나 이 탄원서들을 보십시오. 관련된 투자자들은 그 당시 원장이었던 박구호에게 개인적으로 힘들다는 소리를 들었다고 합니다. 투자자와 원장의 관계를 넘어서 인간적 관계로 이러한 소리를 들었던 것입니다. 판사님도 사회생활을 하면서 친구에게 힘들다는 토로 한번쯤은 해 본 적 있으시겠지요? 친구 사이에 그렇게 토로할 정도면 가정사가 얼마나 불우한 건지, 이해가 가십니까?"

판사는 고개를 끄덕거렸다.

세상살이하면서 남자든 여자든 친구에게 힘들다는 소리 한번 안 하고 사는 사람이 얼마나 되겠는가?

판사는 순간적으로 박구호의 상황에 측은지심이 들었고, 그런 모습을 본 피고 측 변호사는 자신도 모르게 입술을 깨물었다.

판사가 감정적으로 상대방에게 동조한다는 것.

그건 그에게 불리한 것이다.

더군다나 그가 받은 의뢰와 내용이 너무나 다르다.

가출해서 바람피웠다고 들었는데 알고 보니 학대와 무시를 피해서 노숙자가 되어 있었다.

이쯤 되면 그 또한 자신의 의뢰인 쪽에 문제가 많다는 것을 인정할 수밖에 없었다.

"재판장님."

피고 측 변호사는 힘들게 입을 열었다.

"다시 기일을 정해 주시면 감사하겠습니다."

⚖️

박구호의 두 자녀는 어쩔 줄 몰라 했다.

엄마는 늘 아빠를 무시했고, 아침 일찍 나가서 밤늦게나 들어오는 아빠였기에 그들 또한 습관적으로 무시한 것이 사실이다.

그런데 변호사의 이야기는 상상을 초월했다.

"그게 무슨 말이에요? 우리가 재산을 물려받지 못한다니?"

그들은 한참 어린 학생이 아니다.

돈에 대해 눈을 뜨고 돈을 밝히기 시작할 나이였기에, 이번 사건으로 재산을 분할한다는 것도 알고 있었다.

"이런 경우는 말입니다, 어찌 되었건 양쪽 다 귀책사유가 존재합니다. 양쪽 다 그 귀책사유가 작은 게 아니란 말이죠."

그들이 따로 찾아간 변호사는 사건 기록을 보면서 안타깝다는 듯 말했다.

"그러면 결국 비슷한 비율로 재산 분할 명령이 떨어질 텐데, 투자자들이 아버지인 박구호 씨를 편들어 주고 있습니다."

"그런데 그거랑 재산이랑 무슨 관계예요?"

"그 재산에는 병원의 지분도 포함되어 있으니까요. 회사를 운영해서 키운 것은 전적으로 아버님이시니, 아마 아버님이 더 큰 비율로 가지고 가시겠지요. 그러면 아버님 역시 지분을 가진 투자자가 됩니다. 재산을 분할했으니까요. 그런데 이런 경우는 좋은 감정은 못 가지죠."

세상에서 가장 더러운 재판정이 이혼 재판정이다.

극단적 감정의 충돌이 이루어지기 때문이다.

그리고 그걸 모르는 변호사는 없다.

"아마 끝나고 난 후에는 지분을 가지고 다른 주주들과 함께 어머님을 쫓아내려고 할 겁니다. 아마 어머님은 아무리 노력해도 자리를 지키긴 힘드실 테지요."

물론 강제로 빼앗거나 하지는 못한다.

하지만 그것 말고도 그녀를 병원에서 축출하는 방법은 많다.

이사회에서 추방하고, 그녀가 운영할 때 쓴 돈을 감사하고, 뇌물을 받았는지 조사해서 고발하는 등.

"이런 큰 병원은 아무래도 제약사에서 뇌물이 오가는 경우가 많아서요."

"네?"

"그거 감사해서 걸리면 어머님은 감옥 가는 거 피하지 못하실 겁니다. 그거 심각한 불법이거든요."

두 사람은 얼굴이 창백해졌다.

아버지에 대해서는 잘 모른다. 대화할 생각도 해 본 적 없으니까.

하지만 두 사람이 아는 어머니라면, 그런 돈이 들어올 기회를 놓치지는 않았을 것이다.

"그로 인해 손해배상하고 나면 지분 빼앗는 것은 어려운 일이 아닐 테고……."

머리를 긁적이는 변호사.

"이건 대책이 없는데요?"

"그런데 우리가 재산을 물려받지 못할 거라는 건 무슨 말이에요?"

"이혼소송이라는 건 남편과 아내가 싸우는 겁니다. 자녀분들이 아니라요."

그건 유산상속의 문제이지 이혼의 문제가 아니다.

"아버님께서 두 분에 대해 감정이 좋지 못하다면서요?"

"그거야 그런데, 그래도 법적으로 정해진 지분이라는 게……."

"안 줄 방법은 많습니다."

법적으로 정해진 지분이라는 것은 사후 분할 시 강력한 역할을 한다.

하지만 살아생전에 재산을 자선단체나 외부 단체에 모두 기증해 버리면 자식들이 요청할 지분 자체가 남지 않는 셈이다.

"보복 차원에서 지분을 빼앗으려고 한다면 어머님도 지키실 수 없을 것 같고……."

변호사는 새론에서 보내 준 서류를 보면서 입맛을 다셨다.

"이건 저쪽에서 다 털어 내겠다고 덤비는 겁니다."

"그…… 그럼 저희는?"

"개털 되는 거죠."

변호사의 말에 두 사람은 정신이 아득해졌다.

지금까지 누리면서 살아왔다.

그런데 자신들이 개털이 된다는 것이 이해가 되지 않았다.

"한 푼도요?"

"모르겠습니다. 사실 이런 상황에서는 칼자루는 아버님께서 쥐고 계신 겁니다."

"아빠가요?"

"네."

물론 박구호가 마지막 정을 생각해서 남은 지분을 빼앗지 않을 수도 있다.

하지만 위자료를 생각하면 어머니에게 남는 돈은 별로 없을 테니, 어머니에게서 충분히 돈을 받아서 생활하던 두 사람에게는 치명적 타격이 될 수밖에 없다.

"당장 살고 있는 집도 내놔야 할 겁니다."

"에에?"

깜짝 놀라는 두 사람.

"어머님께서 실수를 너무 많이 하셨네요. 두 분 문제도 그렇고."

이것이 법이다

"저희요?"

"네. 두 분이 아버님을 그렇게 무시하고 인간 취급조차 하지 않았다면 그 교육의 책임이 문제가 되는데, 이 경우 아버님께서는 피해자잖습니까? 그 책임도 결국 어머님께 가는 거죠."

두 사람은 서로를 바라보았다.

그런 두 사람에게 변호사는 차분하게 말했다.

"저라면 지금이라도 가서 아버님께 빌겠습니다."

"어머니가 아버지를 학대한 것은 사실입니다."

"정신적으로요?"

노형진은 증인석에 올라와 있는 아들을 보고 물었다.

그리고 아들은 고개를 끄덕거렸다.

"정신적으로나 육체적으로요."

"육체적이라는 건 무슨 말이죠?"

"어, 그게……."

"아니야! 내가 언제 그랬다는 거야!"

"증인신문 중입니다. 피고는 조용히 해 주세요."

홍지연이 소리를 지르자 노형진은 단호하게 말했다.

'애들도 결국 다 큰 어른이라는 거지.'

자신들이 불리해지자 아이들은 노형진을 찾아왔다.

아버지에게 사과를 하고 싶다고 말이다.

물론 박구호는 괜찮다고 했지만…….

'내가 안 괜찮아.'

박구호는 부모 된 입장에서 용서하고 싶겠지만, 그러면 바보가 되는 것은 그다.

그 버릇을 고치려면 박구호가 절대 만만한 사람이 아니라는 것을 보여 줘야 하며, 또한 절대적 힘을 가지고 있어야 한다.

그리고 그 절대적 힘은 바로 돈이다.

'그걸 가지고 와야 똑같은 꼴을 안 당하지.'

노형진은 박구호를 설득해서 증언 이후에 만나는 걸 권했고, 그 결과 그 두 사람을 증인석으로 끌어 올리는 데 성공했다.

'다른 제삼자도 아닌 자녀들의 증언이 가지는 파괴력은 어마어마하지.'

확실히 평소와 다르게 판사는 심각한 얼굴로 이쪽을 바라보고 있었다.

"신체적 학대라는 게 뭐가 있죠?"

"아버지가 식사를 하실 때 밥상을 엎은 적도 있고…….

"네? 밥상을 엎었다고요?"

"네. 그냥 처먹는 것도 짜증 난다고…….

노형진은 깜짝 놀랐다.

사실 그 정도까지 하는 경우는 아주 드물기 때문이다.

'노숙이 편한 이유가 있었네.'

아무리 노숙자라고 하지만 밥 먹는데 밥상을 엎어 버리는 사람은 없으니까.

"또요?"

"나가 살라고 현관 열쇠를 바꾼 적도 있었고."

이런저런 이야기를 하는 아들을 보면서 노형진은 입안이 썼다.

사실 박구호는 어떤 식으로 학대당했는지 자세한 이야기는 하지 않았다.

그런데 들어 보니 이건 진짜 가족으로 취급을 하지 않은 수준이 아니었다.

노형진은 이어지는 아들의 증언을 들으면서 한 가지 가능성을 알아차렸다.

"그러면 마지막 질문을 하겠습니다."

"네."

"어머니인 홍지연 씨가 다른 이성을 만나는 걸 보시거나 그런 징조를 본 적이 있습니까?"

"언제요?"

"아버지가 집에 있을 때 말입니다."

부부 관계에서 일방이 갑자기 다른 일방을 극단적으로 무시하고 사람 취급을 하지 않는 경우, 이성 관계가 끼어 있을 가능성이 매우 높다.

단순히 가족으로 보지 않는 게 아니라 다른 사람과 비교가
되기 때문이다.

"그게……."

"아니야! 난 누구도 만난 적 없어!"

홍지연은 다급하게 외쳤지만 아들은 그렇게 생각하지 않
았다.

그는 천천히 고개를 끄덕거렸다.

"누군지도 알고 있어요."

"아니야!"

"어떻게 아신 겁니까?"

박구호는 머리를 긁적이면서 물었다.

노숙자가 아니라 제대로 된 직장인의 모습.

도리어 그게 낯설다.

"뭘요?"

"바람피운 거요."

"배우자에게 극단적 혐오감을 품게 되는 경우는 대부분 바
람을 피우고 있더라고요. 경험적인 거죠."

"그런가요?"

"그리고 경험적으로 아는 게 더 있지요."

노형진은 박구호를 바라보았다.

"구호 씨도 알고 계셨죠?"

"에이…… 너무 눈치 빠르시네."

어색하게 웃는 박구호.

"사실 알고야 있었죠."

아무리 사회 경험이 없는 사람이라고 해도 그 정도면 의심을 하지 않는 게 이상한 거다.

하물며 박구호는 바보가 아니라 천재의 범주에 들어가는 사람이다.

그러니 알았어야 정상이다.

"그런데 왜 그냥 두신 겁니까?"

"그냥, 싸워 봐야 의미가 없다 싶어서요."

싸움이라는 것도 힘이 남아 있을 때 하는 것이다.

하지만 박구호는 그 당시에 힘은커녕 삶의 목적도 없었다.

그냥 다 놓고 사라지고 싶었을 뿐.

"그래서 사라지신 거군요."

"네."

그는 느긋하게 말했다.

"그래서 어쩌실 겁니까? 이제 이혼은 하셨는데."

"다시 일해야지요. 4년간 놀았더니 충분히 힘이 납니다."

"그러다 힘 떨어지면 또 서울역 가시려고요?"

"저 또 사라지면 거기에 있는 겁니다. 노 변호사님이 찾으러 오세요."

히죽거리면서 웃는 박구호.

확실히 특이한 사람이다.

'이건 뭐, 천재들은 나사 한두 개씩 풀렸다더니 진짜 그러네.'

도대체 수백억 자산을 가진 사람이 뭐가 아쉬워서 서울역
에 가서 노숙을 하려고 하는 건지 이해가 가지 않았다.

"그리고 부탁하신 대로 여기에 불러왔습니다만, 진짜로
용서하실 겁니까?"

이혼을 하고 6 대 4의 비율로 재산을 나눴다.

박구호가 6, 홍지연이 4였다.

사실 그 정도까지는 안 떨어졌을 텐데, 홍지연이 다른 사
람도 아니고 박구호의 친구와 바람을 피운 탓에 문제가 된
것이다.

심지어 그는 현재 세풍병원의 부원장이기도 했다.

그 덕에 노형진은 그 집의 이혼소송까지 한꺼번에 담당하
게 되었다.

그쪽도 절대 작은 금액의 사건은 아니었으니까.

의외인 것은 박구호가 두 아이를 용서하겠다고 한 것이다.

"혈육이라서 그런 건가요?"

"그런 것도 있지만."

박구호는 다시 한번 머리를 긁적거렸다.

아무래도 노숙하던 시절에 하도 감지 않아서 자꾸 긁적이

던 것이 버릇이 된 것 같았다.

"뭐, 개인적으로 소소한 복수죠."

"소소한 복수?"

"제가 어떤 기분이었는지 좀 당해 보라고요."

"뒤끝이 쩌시네요. 완전히 놓으신 것 같더니."

"시작한 이상 뽕은 뽑아야지요."

그가 아이들을 용서하면 아이들은 엄마를 무시할 수밖에 없다.

실제로 박구호는 이사회에서 모든 업무의 재검토와 감사를 천명했고, 복수를 위해 움직이겠다고 했으니 말이다.

불법이 발견될 경우 홍지연이 가지고 있는 지분은 손해배상을 하는 데 쓰일 테니, 이제 홍지연은 빈털터리가 될 것이다.

"완전히 털려 봐야 자기가 뭘 잘못했는지 알 겁니다."

"착한 사람이 화가 나면 더 무섭죠."

착한 사람이 화가 나면 더 무섭다는 말은 농담이 아니다.

그들은 한번 시작하면 끝장을 보는 성향이 강하기 때문이다. 박구호가 딱 그런 성격이었다.

시작을 하지 않았다면 모르겠지만 이미 시작했고, 그런 상황에서는 결코 어중간하게 끝내는 성향이 아니었다.

"뭐, 그 이후에 어떻게 하실지는 잘 모르겠습니다만."

사실 안다.

박구호는 독한 사람이지만, 또 근본적으로 착한 성향을 못

버린다.

'아마 바다으로 떨군 다음에 손을 내밀겠지.'

조건을 달아서 재혼을 할 수도 있고 최소한의 호구지책을 만들어 줄 수도 있다.

단순히 보복을 원했다면 4년씩 참지는 않았을 테니까.

'나는 모르겠다.'

소송은 끝났다. 자신이 할 일도 역시 끝났다.

"그러면 저는 이만."

"다음번에 뵙지요."

"다음번?"

"세풍을 제대로 다시 세우려면 소송을 많이 해야 할 것 같아서요. 쓰레기가 아주 넘쳐 나더라고요, 하하하."

노형진은 고개를 숙였다.

"잘 부탁드립니다, 으하하하."

"별말씀을요."

웃으면서 악수를 하고 나오는 노형진.

그와 스치면서, 쭈뼛거리며 안으로 들어가는 두 자녀와 홍지연.

그쪽을 슬쩍 본 노형진은 발걸음을 재촉했다.

"나는 모르겠다. 알아서 하겠지."

가족 문제에는 그다지 엮이고 싶지 않은 게 솔직한 마음이었다.

죽음과 돈의 거래

"말이 안 되는데 말이지."

노형진은 고연미에게 배당된 사건을 보면서 테이블을 탁 탁 두들겼다.

이번 사건을 부탁했던 고연미는 고개를 갸웃했다.

"뭐가 말이 안 돼요? 이런 경우는 흔하지 않나요?"

"흔하죠. 그런데 생각해 보면 좀 이상하지 않습니까?"

"저는 잘 모르겠는데요."

사건 자체는 특별하지 않았다.

어디서나 흔하게 벌어지는 그런 사건이다.

사업을 하던 아버지가 돌아가셨고 그 이후에 회사가 망했다. 그래서 그 관련 채무에 관한 소송을 의뢰한다.

"우리가 담당하는 게 채무 탕감이기는 하지만 말이죠."

노형진은 이 사건을 살펴보던 중 문득 이상하다는 생각이 들었다.

어째서 채무가 생겼을까?

물론 채무라는 건 있을 수밖에 없다.

사업을 하면서 100% 자기 돈만으로 하는 사람은 한국에서 1%도 안 될 테니까.

"탕감의 문제가 아닌 것 같아서요."

"탕감의 문제가 아니라고요?"

탕감이라는 것은 빚이나 세금 같은 것을 덜어 주는 것을 말한다.

그런데 그게 문제가 아니라니?

"그게 문제가 아니라는 게 무슨 말씀인지 모르겠어요."

"아니, 아버지가 돌아가신다는 게 왜 회사가 망한다는 말이 되는지가 이상하다는 거죠."

"네?"

"음…… 이런 거죠. 사업은 시스템입니다. 사장이 일일이 결재하고 일하고 영업 뛰는 사업은 크지 않아요."

결국 사업을 만들기 위해서는 우선 시스템을 갖추고 그 안에서 사람들이 일하게 해야 한다.

"그리고 시스템화되어 있으면 쉽게 무너지지 않지요."

"이해가 안 가는데요?"

"좀 간단하게 이야기해 보자면, 어디 보자, 고 변호사님이 걸 그룹 출신이니까 그걸로 예를 들어 볼까요? 가령 활동 중인 걸 그룹이 있습니다. 그걸 담당하고 운영하는 것은 회사와 매니저죠. 안 그런가요?"

"맞아요."

"그럼 매니저가 그만두면 걸 그룹도 사라지나요?"

"아니요. 그럴 리 없죠. 아! 무슨 뜻인지 알 것 같네요. 시스템 자체는 사라지지 않고 관리하는 사람만 사라진다 이거군요!"

"네, 제 말이 그겁니다."

회사의 시스템은 그대로다.

물론 급이 낮은 로드 매니저 같은 경우는 방송 출연 같은 걸 결정할 권한이 없지만, 어느 정도 자리 잡은 연예인들에게는 실장급의 방송 출연을 결정할 권한을 가진 사람들이 붙기 마련이다.

"그가 사라진다고 해도, 다른 사람이 결정하는 거죠."

"맞습니다. 설사 운영권을 빼앗긴다고 해도 말이죠."

운영권을 빼앗긴다고 해도 망하는 건 아니다.

지분은 그대로 가지고 있고 거기서 나오는 수익이 그대로이니까.

아버지나 어머니가 돌아가시고 난 후에 지분을 압류할 수는 없다.

"그러고 보니 이상하네요."

사업을 하시던 분이 돌아가신 후에 갑자기 사업장이 흔들리고, 그래서 가세가 기울었다는 사건은 흔하다 못해서 넘쳐난다.

사업을 하다가 과로로 또는 사고로 죽는 사람이 많으니까.

"네, 그래서 이상한 겁니다. 잘 굴러가던 회사가 갑자기 망한다고요?"

상황이 좋지 않았는데 그의 죽음이 방아쇠가 되었을 수도 있다.

하지만 이번 경우는 멀쩡하던 회사가 갑자기 망했다.

"다르게 생각하시는 거예요?"

"제가 봐서는 그런 것 같네요. 주변에서 장난질하는 것 같습니다."

"장난질요?"

"아무래도 가정주부를 하던 분들은 사업에 대해 잘 모르지 않습니까?"

"아하!"

남자든 여자든 가정주부를 하던 사람들은 사업 자체에 대해 잘 모른다.

거기에다 남편이나 아내, 즉 가족의 죽음은 사람을 멘붕에 빠뜨리기에 충분하다.

"그사이에 장난을 치고 자금을 빼돌린 거 아닐까요?"

"어? 그런 건 생각을 못 해 봤어요."

고연미는 당황해서 기록을 살폈다.

"하지만 기록을 보면 분명히 사망 직전에 상당한 양의 채무가 발생했는데요."

"그게 이상한 겁니다."

다른 사람 같으면 그 채무를 변제할 방법이나 탕감할 방법을 찾을 것이다.

하지만 노형진의 눈에 보인 것은 그런 게 아니었다.

"그 채무에 관해서 보는데 특정 기간, 특히 사망 1년 내에 갑자기 늘었습니다."

"그런데요?"

"사망한 이후에 인감을 관리한 게 누구죠?"

"……!"

아무도 없다.

최소한 사망하고 사흘간은 인감에 정신을 쓸 타이밍이 아니다.

그 상황에서 유가족 중 누군가 인감을 챙기고 사업을 챙기는 것은, 아주 냉철하고 이성적이어야 가능하다.

"우리나라 문화는 그런 상황에서 그런 것부터 챙기면 돈독 오른 놈으로 취급하죠. 그래서 합리적이고 이성적인 선택인데도 불구하고, 대부분의 사람들은 그런 상황에서 섣불리 그런 이야기를 못 합니다. 이미지가 완전히 망가지니까요. 그리고 이번 사건에서 채무의 대부분을 증명할 수 있는 건……

채권 각서네요."

프린트해서 도장을 꽉 찍으면 증명되는 채권 각서.

그게 그들이 내놓은 증거다.

이 경우 법원에서 이걸 부정할 수 있는 방법은 없다.

"사실 대표의 사망 후 회사가 망하는 건 비교적 흔한 일이기는 하지요. 하지만 그보다 더 많은 것이 아래에서 횡령하거나 자금을 빼돌리는 것 아닙니까?"

"그러니까 노 변호사님은, 이 사건이 그런 사례 중 하나라고 말씀하시는 건가요?"

"네. 저라면 기회라고 생각하겠네요."

중역들이라면 아내나 유가족들이 사업에 대해 잘 모른다는 것을 알 것이다.

당연하게도 그들이 회사를 운영하는 데 한계가 있다는 것도 말이다.

"결국 그런 경우에는, 유가족들은 회사를 넘기는 선택을 하지요."

전혀 모르는 일을 운영해 나가려고 노력하기보다는 다른 이에게 회사를 넘긴다.

"그리고 그런 경우 중역들의 목숨 줄은 끝이죠."

고용 승계 등의 조건을 달 수는 있지만 중역, 그러니까 부장급이나 이사급은 그런 데 해당이 안 된다.

새로 회사를 사는 사람도 그런 사람들을 남겨 두지는 않는다.

그 자리에는 자신에 대한 충성심이 입증된 사람을 앉히려고 하는 게 보통이니까.

"누군가 충성심을 가지고 유가족에게 조언을 해 준다면 모르지만 말이죠."

"으음……."

고연미는 머리를 북북 긁었다.

"그러고 보니 이상하네요. 별생각 없이 업무를 하기는 했는데."

"전에도 비슷한 사건이 있었지요."

그건 회사와 관련된 건 아니었다.

하지만 부모가 죽으면 그 재산 관계나 채무 관계가 명확해지지 않기 때문에 그걸 입증하는 일은 남은 유가족이 책임져야 한다.

"이 사건 관련해서 그에 대해 들어 본 적 있습니까?"

"전혀요."

사건의 의뢰 자체가 빚의 탕감에 관련된 부분이었고 그런 부분은 의심하지도 않았기 때문에, 고연미는 물어보지도 않았다.

"한번 이야기해 보는 게 좋을 것 같은데요."

산더미처럼 쌓여 있는 채권 각서를 보면서 노형진은 눈을 찌푸렸다.

"그런 건 잘 몰라서요."

마진건설.

재하청을 하는 건설사로, 직원이 백 명쯤 되는 중견 기업이다.

규모가 그렇게 큰 곳은 아니지만 건설사들의 세계에서 정규직이 백 명이라는 것은 절대 작은 규모가 아니다.

그럴 수밖에 없는 게, 건설업은 기본적으로 일용직을 쓰는 부분이 많기 때문이다.

그래서 정규직 백 명은 현장 관리직과 회계만 들어가니까, 실질적으로 그 정도 규모면 하루 평균 오백 명 이상의 근무자가 있어야 하는 셈이다.

"회사에 대해 잘 설명해 주는 사람도 없던가요?"

"네, 없었어요. 건설업이라는 게 아무래도 남자들만의 세계다 보니까."

"끄응……."

유가족은 아내와 아들 둘뿐이다.

아내는 전형적인 가정주부로, 사업에 대해 잘 몰랐다.

'대학도 유아교육학과를 나왔고.'

두 아들도 마찬가지.

한 명은 중학생, 다른 한 명은 대학생이지만 현재 군대에

가 있고 전공도 이공계다.

"일단 저희가 사건을 조사하다가 이상하다는 생각이 들어서 말씀드리는 겁니다."

"이상하다고 하시면?"

아내인 조미혜는 걱정스러운 얼굴로 물었다.

"아무래도 누군가 회사를 내부에서 갉아먹는 것 같아서요."

"네?"

"돈 쓸 곳이 없는데 갑자기 채권이 늘었습니다. 거기에다가 공사 자체도 그다지 문제가 없는데 빼앗겼고요."

하청을 받아서 일하는 구조상 그건 치명적인 약점이 된다.

"마치 누군가 계획적으로 회사를 망하게 한다는 느낌이 강합니다."

"하지만 누가요?"

"그게 문제죠."

노형진은 머리를 긁적거렸다.

"이런 일을 할 사람을 아십니까?"

"그게…… 저는 잘 몰라요."

"전혀 감이 안 잡히세요?"

"애아빠가 회사 일은 집으로 가지고 오지 않는 타입이라서요."

"그게 무슨 말씀이신지?"

"아예 임직원이 누군지도 몰라요."

"끄응……."

노형진은 머리를 부여잡았다.

'멍청한 짓을 했군.'

가끔 그런 사람들이 있다.

자신이 뭘 하는지 가족에게 제대로 알려 주지 않는 사람들.

이런 일이 터지면 가족에게 문제가 생긴다는 것을 전혀 예측하지 못한 것이다.

"그러면 회사의 인감은 누가 가지고 있나요?"

"회사의 인감요?"

"네, 회사에서 결정을 할 때 찍는 도장 말입니다."

"그건 신임 사장이 가지고 있어요."

"신임 사장요?"

"네, 백조수라고…….."

"알고 있습니다. 그런데 그 사람…….."

노형진은 눈을 찌푸렸다.

이미 회사에 대해 조사하면서 신임 사장이 누군지는 알고 있다.

하지만 그 사람에 대해 노형진은 부정적이었다.

그럴 수밖에 없는 게, 그는 지분이 없는 사장이기 때문이다.

"마진건설은 개인회사 아니던가요?"

주식회사나 지분을 나눈 유한회사가 아니라, 원래 남편이 전부를 가지고 있는 개인회사다.

그렇다 보니 지분을 가진 다른 사람이 없다.

당연하게도 새로 사장이 된 사람도 지분이 없다.

"그 사람, 전문 경영인이에요."

"내부에서 승진한?"

"네. 그 회사에서 추천을 해 준 사람이에요."

"당했네요."

"네?"

노형진의 말에 얼굴이 창백하게 변하는 조미혜였다.

당했다는 말이 무슨 뜻인지 그녀도 모르지는 않았기 때문
이다.

"아무래도 이 업계에 대해 잘 모르시는 걸 이용해서 작정
하고 덤빈 것 같네요."

"그게 무슨 말씀이세요?"

"전문 경영인이라는 존재가 왜 돌려막기 되는지 아십니까?"

"네? 돌려막기요?"

"네. 전문 경영인들은 한 회사에서 다른 회사로 옮겨 가지요."

가령 A라는 회사에서 일하던 대표가 퇴직 후 B라는 회사
에 가기도 하고, 다시 퇴직 후에 C라는 회사에 가기도 한다.

그 과정에서 비슷한 업계로 가는 게 아니라 화장품 회사로
갔다가 음료 회사로 갔다가 핸드백 회사로 가기도 한다.

"아니, 왜요?"

"파벌 때문입니다."

"파벌요?"

"네."

내부에서 승진하면 그 업계에 대해 잘 안다는 이득도 있지만, 반대로 그 내부에 자기 파벌이 있다는 문제도 있다.

그가 자기 파벌을 위해 움직이기 시작하면 기업은 순식간에 무너진다.

"그 업계에 대해 조언을 해 줄 수 있는 사람을 붙여 주고 전문적으로 경영을 하는 게 차라리 파벌이 있는 내부 승진보다 더 이득이 많기 때문에 해외 기업들이 전문 경영인들을 외부에서 수급하는 겁니다."

내부 파벌로 인한 피해가 그 업계를 모르는 것보다 더 크기 때문에 그런 선택을 하는 것이다.

그 업계에 대해 잘 모르면 1년 정도 집중적으로 배운다고 생각하면 되지만, 내부 파벌 싸움은 기업 자체를 날려 버릴 수도 있기 때문이다.

"아마 그 사람에 대한 추천은 만장일치였을 거라고 생각됩니다만."

"어떻게 아셨어요? 다들 그분 아니면 사람이 없다고 하시더라고요."

"하아, 민주주의국가에서 만장일치라는 게 가능하겠습니까?"

만장일치가 되기 위해서는 그들의 이득을 새로운 사장이 건들지 않아야 한다.

그런데 파벌이라는 것은 결국 다른 경쟁자가 있다는 소리다.

"그런데 만장일치가 된다고요? 그러면 이야기는 하나뿐이죠."

그가 이미 다른 자들과 짜고 회사를 나눠 먹기로 한 것이다.

그러지 않았다면 만장일치가 나올 수가 없다.

"그럴 리 없어요! 그럴 리가……!"

"이건 만장일치가 나오지 않으면 실행할 수가 없는 사건입니다."

만일 다른 누군가가 반대를 했다면, 그래서 그가 조미혜와 그 유가족에게 사실을 알렸다면 일은 모조리 틀어질 수밖에 없다.

"사람이 너무 좋아서 만장일치가 나올 수도 있는 거잖아요?"

고연미는 그래도 혹시나 해서 물었지만 노형진은 단호하게 선을 그었다.

"그럴 수는 없습니다. 단순히 생각해서, 학교에서 반장 선거를 해도 라이벌이 있는데 이 정도 되는 규모의 회사의 대표를 뽑는데 만장일치가 가능하겠습니까?"

더군다나 아무리 전문 경영인이라고 하지만 연봉이 무려 2억이다.

그 자리를 다른 사람들이 아무도 노리지 않았다는 것은 말도 안 된다.

"말도 안 돼…… 말도 안 돼……."

손을 덜덜 떠는 조미혜를 보면서 노형진은 씁쓸한 미소를 지었다.

'이런 게 한두 건일까?'

사업을 하는 사람들.

주변에서 활동하는 사람들을 보면 그런 사람들이 많다. 가족에게 알리지 않고 있다가 일이 틀어져서 가족들이 한꺼번에 망하는.

"그러면 어쩌죠? 어쩌죠?"

"일단 싸우는 건 가능합니다. 물론 그게 쉽지는 않을 겁니다만."

"지금이라도 당장 백조수를 자를까요?"

"아니요. 그러면 안 됩니다."

마음 같아서는 그러고 싶다. 하지만 그건 최악의 수다.

"그는 지금 합법적으로 대표가 된 상황입니다. 자를 수야 있겠지만, 결국 그가 저지른 일에 대해서는 우리가 책임져야 합니다."

"아…….."

"다만 이야기가 달라지면 되지요."

"네? 이야기가 달라져요?"

"그를 바로 자르는 게 아니라, 자를 수밖에 없는 상황을 만들면 됩니다."

"하지만 어떻게요?"

"그의 배신을 입증하는 거죠."

그의 배신을 입증하면 그는 대표로 재직하면서 회사에 큰 타격을 입힌 것이 된다.

그렇게 되면 해직은 물론이고 그 책임을 물을 수 있다.

"쉽진 않을 거예요."

고연미는 걱정스러운 얼굴로 말했다.

그녀가 보기에 이건 절대 쉬운 사건이 아니었다.

"저도 압니다."

알고 있다.

"하지만 이게 우리의 새로운 돈줄이 될 것 같네요."

그 말에 고연미의 얼굴이 갑자기 핼쑥해졌고, 노형진은 그런 그녀의 얼굴을 보면서 어리둥절할 수밖에 없었다.

⚖

"일 좀 그만 만들지 그러나."

"진심이십니까?"

"진심이네. 그러니까 고 변호사가 얼굴이 그렇게 변하지."

송정한은 노형진의 이야기를 듣고 허허 웃었다.

그가 일선에서 물러났다지만 그래도 아직 대표이기 때문에 이 건은 그의 허락을 받아야 했다.

"하하하……."

노형진은 어색하게 웃었다.

고연미의 얼굴이 사색이 된 이유가 일 때문이었다니.

"일이 좀 많기는 하지요."

돈 벌 거리라는 것은 결국 일거리가 생긴다는 뜻이니, 안 그래도 인력 부족으로 허덕이는 새론과 하늘에 또 다른 일거리가 추가된다는 의미다.

"하지만 이 일은 좀 다를 겁니다. 딱히 일을 하지 않아도 됩니다. 사실상 인맥 관리를 하는 거니까요."

"인맥 관리라……."

"네. 아마 한국의 대부분의 사업가들은 비슷한 고민을 하고 있을 겁니다."

자신이 죽은 후 아래에서 돈을 빼앗으려 들지 않을까, 회사를 집어삼키지 않을까 하는 고민 말이다.

"우리는 그에 대한 보험을 들어 주는 거죠. 사실 한국뿐만 아니라 전 세계의 경영인들이 모두 비슷한 고민을 할 겁니다. 이런 보험은 없으니까요."

"보험?"

"네. 다만 돈으로 보장해 주는 보험이 아니라 관리자를 파견해 주는 보험인 거죠."

노형진이 생각한 사업은 간단했다.

제휴를 맺은 기업이 일정 액수의 돈을 내면 만일의 사태에 새론에서 관리자를 내보내서 사업체 운영을 지원한다.

"어차피 그들은 새론에서 보내는 사람이고 새론은 계약서상 해당 기업의 지분을 가지지 않는다고 못 박아 두면 됩니다."

최소한 파견한 전문 경영인들이 있는 동안은 지분을 가지지 못한다고 못 박아 두면 된다.

"전문 경영인은 그 회사를 운영하면서 유가족에게 재산이 돌아갈 수 있게 최선을 다하는 거죠."

"확실히 구미가 당기는군. 금전적 보험이 아니라 사회적 보험이로군."

"네. 어떻게 생각하십니까?"

"충분히 해 볼 만한 가치가 있어."

송정한도 변호사 생활을 하면서 그런 사건들을 많이 봤다.

적은 외부에만 있는 게 아니라 내부에도 있는 법이다.

실제로 그런 식으로 넘어가는 기업들도 많았고, 그 때문에 유가족들이 길바닥에 나앉는 사건도 많았다.

"우리와 관계를 이어 가면서 전문 경영인을 보내 준다고 하면 아마 적잖이 의뢰를 할 겁니다."

"일종의 미끼로군."

"네, 미끼죠."

"나쁜 생각은 아니군."

딱히 돈을 받을 필요도 없다.

일정 부분 이상 자신들과 거래한 사람들에 한해서 혜택을 준다고 하면 한국의 상당수 중소기업들이 의뢰를 할 것이다.

그런 곳들은 대개 전담 변호사를 고용할 여건이 안 되니까.

"더군다나 전담 변호사가 내부에서 배신하는 경우도 많으니까요."

"그건 그렇지. 웃기는 일이지만 변호사도 변호사를 못 믿는 판국이니까."

그렇다고 딱히 새론에서 돈이 드는 것도 아니다.

평소 전문 경영인의 연락처를 확보해 두고 있다가, 비상사태에 연락해서 자리를 잡지 못하고 있는 사람을 부르면 된다.

"만일을 대비해서 경영학과 쪽과 손잡아 두는 것도 나쁘지 않지요."

"경영학과?"

"한국의 가장 큰 문제가 그거 아닙니까? 돈이 없으면 경영도 없지요."

"무슨 뜻인지 알겠네."

외국은 스스로의 능력을 입증하면 전문 경영인으로서 자수성가할 수 있다.

하지만 한국에는, 수많은 경영학과가 있지만 졸업을 한다고 해도 결국 전문 경영인이 될 수는 없다.

"한국은 혈연주의니까."

전문 경영인을 쓰기보다 자기 핏줄이 회사를 운영하도록 하는 것이다.

"하지만 중간에 우리가 그걸 넘겨받을 수 있겠군."

"그렇지요."

유가족이 일을 제대로 배우거나 성인이 될 때까지 그 회사를 운영할 수도 있다.

아예 현 사장 옆에서 배우면서 근무하다가 비상 상황 발생 시에 대리하도록 하는 방식도 가능하다.

그러면 비상 상황에 기업이 흔들거릴 이유가 없다.

"그리고 최소한 그동안 사건 수임은 우리가 하겠지."

"다른 이득도 있지요."

"다른 이득?"

"유가족이 다시 전면에 나선다고 해도 갑자기 회사를 넘겨 받을 수 있을까요?"

그건 무리다.

아무리 제대로 배운다고 해도 실무와 이론은 완전히 다르다.

설사 실무를 배웠다고 해도 지금까지 회사를 이끈 건 전문 경영인이다.

"감사나 부사장, 이사 등 다른 자리로 옮겨서 활동하게 할 수 있지요. 그곳에서 근무하면서 사장에게 배운 사람이라면 더더욱 그럴 겁니다. 우리가 있는 이상 그가 배신하지는 못할 테니까요. 정확하게 말하면 우리의 의뢰인은 유가족이니까."

"음?"

"우리가 작은 기업들에 전문 경영 훈련을 받은 사람을 공급할 수 있는 시스템을 만드는 겁니다."

혈연으로 경영권을 넘긴다고 하지만 한편으로는 자기 회사가 망하지 않기를 원하는 것이 사람이다.

그렇다면 그 전문 경영인이 조언을 해 줄 수 있는 자리로 옮겨 가면 그만이다.

대표라는 타이틀, 운영권이라는 타이틀은 전문 경영인에게는 중요한 게 아니다.

하지만 혈연관계에서는 중요하다.

"노 변호사."

송정한은 그 말을 듣다가 한숨을 푹 쉬었다.

"그러려면 우리 회사가 한 세 배쯤 커져야 할 텐데?"

"키우죠, 뭐. 어차피 매년 로스쿨생은 계속 나오지 않습니까?"

"그건 그렇지."

로스쿨생이 나오기 시작하면서 인력 부족 현상은 많이 해결되었다.

다만 그 실력이 문제였는데, 새론과 손잡고 졸업하는 졸업생들은 다른 로펌에서도 군침을 흘릴 정도로 능력이 출중했다.

"사업을 할 때 상대방에 대해 조사하는 것도 중요하니 그걸 우리 정보 팀에서 해결해 주면 도움이 될 테고요."

"하긴, 사업이 망하는 상당수 이유는 사기 때문이지."

사업자가 개개인에 대해 조사하긴 어려우니 동업한다고 손을 내밀었다가 망하는 경우가 적지 않다.

하지만 새론에 정식으로 위임해서 그들에 대해 조사한다면, 안전하게 사업을 해 나갈 수 있다.

"중소기업들은 구조상 법률적 보호에 약하기는 하지."

대부분 사건이 발생하면 막대한 돈을 내 가면서 의뢰하는 것이 보통이다.

하지만 노형진의 계획대로 된다면 약간의 보험료를 내는 조건으로 최소한의 방어는 가능하게 되는 셈이다.

"확실히 좋은 생각이야. 변호사들에게는 미안하지만 말이야."

"하하하."

노형진은 어색하게 웃었다.

확실히 빠르게 성장하는 시스템의 속도를 따라가지 못하는 인력 부족 현상은 어쩔 수가 없으니까.

"하지만 그러기 위해서는 마진건설 사건부터 잘 해결해야 할 것 같은데."

"그건 그렇지요."

"재판에서 이길 수는 있겠는가?"

"솔직히 자신 없습니다."

"이길 자신이?"

"아니요. 질 자신이요."

노형진은 씩 웃으며 말했다.

⚖️

재판이 시작되자 상대방은 예상대로 채권을 입증하는 각서를 흔들면서 따지기 시작했다.

"재판장님, 피고 측은 채권자의 사망 이후 재산을 승계하였습니다. 그러나 사망 이후 2년이 지난 현재까지도 그들은 단 한 푼의 이자도 지급하지 않고 있습니다. 원고 측은 그들의 사정을 불쌍하게 여겨서 지금까지 이자 및 원금의 납입을 유예해 왔지만 피고 측은 아예 변제의 의사도 없습니다. 이에 원고 측은 그 채권에 의한 압류를 요청하는 바입니다."

채권 소송은 사실 간단하다.

채권을 입증할 수 있는 게 하나라도 있으면 그냥 인정받는 거고, 그에 따라 압류를 걸면 그만이다.

가장 흔한 소송이 채권 소송이고 말이다.

'하지만 그걸 뒤집는 게 쉽지 않지.'

사실 대부분의 채권 소송은 두 가지 성향을 보인다.

하나는 채권이 존재하느냐를 따지는 소송.

다른 하나는 이 채권을 행사하기 위한 법적인 절차에 들어가는 소송.

'너희들은 두 번째라고 생각하겠지만……'

이미 채권과 관련해서 각서가 있으니까.

하지만 노형진은 두 번째가 아니라 첫 번째라고 주장할 생각이었다.

"피고 측 변호인, 진술하세요."

"알겠습니다."

노형진은 앞으로 나왔다.

그들이 흔들고 있는 채권 각서. 그건 부정할 수 없다.

'귀찮네.'

생각과 달리, 이건 귀찮은 싸움은 아니다.

아마 저쪽은 그 채권 각서 하나면 다 될 거라 생각했을 것이다.

사실 그거 하나면 대부분은 끝나니까.

"재판장님, 과거 나치 독일의 천재적인 정치인 괴벨스는 이런 말을 했습니다. '선동할 때에는 말 한마디만 필요하지만 선동에 반박할 때에는 수십 장의 문서와 증거가 있어야 한다. 그리고 그 증거들을 전부 모았을 때엔 사람들은 전부 선동되어 있다.'라고 말이지요."

노형진이 뜬금없이 나치 정치인의 말을 꺼내자 다들 어리둥절한 표정이 되었다.

"그게 이번 사건과 관련이 있습니까?"

"아주 관련이 깊습니다. 재판장님은 이 말을 들어 본 적이 있으신가요?"

"있지요."

"그러면 원고 측 변호사님은요?"

"있습니다."

"그러면 방청객들 중에서 들어 보신 분들은요? 손들어 주십시오."

노형진의 말에 방청석에 있던 사람들 몇몇이 손을 들었다.

"이 말은 선동이 얼마나 위험한지 증명하는 말입니다. 그리고 이 말은 그 자체로서 선동의 위험성을 알리는 말이지요."

"그거랑 이번 사건이랑 무슨 상관이 있지요?"

"관련이 있습니다. 지금 원고 측은 종이 한 장만 가지고 선동을 하고 있으니까요."

"선동?"

"지금 무슨 말을 하는 겁니까!"

원고 측 변호사는 발끈했다.

자신이 선동을 하고 있다니?

선동이라는 것은 기본적으로 거짓을 말하는 거다.

그런데 자신은 거짓을 말한 적이 없다.

채권 각서라는 증거가 있지 않은가?

"선동이 아니라고요? 선동하는 사람이 그걸 인정하겠습니까? 그리고 그렇게 티가 나면 선동이 아니지요. 저도 지금 선동을 했습니다만?"

"뭐요?"

다들 어리둥절한 표정이 되었다.

노형진은 그저 과거 역사의 한 부분을 이야기한 것이다.

그런데 선동을 했다니?

"저는 지금 괴벨스가 남긴 명언을 말했습니다. 다들 그럴 듯하다고 생각하시겠지요. 하지만 말입니다, 정작 괴벨스는 저런 말을 한 적이 없습니다."

"뭐라고요? 아니, 그건 유명한 명언이잖아요!"

상대방 변호사는 어이가 없다는 듯 외쳤다.

'그래서 내가 개쪽을 당했지.'

노형진은 미국에 간 초기에 멋모르고 저 명언을 인용했다가, 괴벨스가 저런 말을 한 적이 없다는 상대방 변호사의 공격에 엄청나게 쪽팔린 적이 있었다.

"그래서 제가 그 자체로서 선동의 위험성을 알리는 말이라고 한 겁니다."

한국에서는 괴벨스가 한 말로 유명하지만, 외국의 누구도 그걸 모르고 심지어 관련 증거도 없다.

심지어 나치가 활동했던 독일에도 없다.

독일은 일본과 다르게 자신들의 과거를 잊지 않고 다시는 반복하지 않기 위해 모든 것을 역사로 남기는데도 말이다.

그러니까 누군가 '이건 괴벨스가 한 말이다.'라고 거짓말로 선동을 한 건데, 왠지 그럴듯하니까 국민들은 진짜로 선동되어서 어느 순간 그게 진짜라고 믿고 있는 것이다.

"이번 사건과 관련해서 원고 측은 채권 각서를 가지고 권리를 주장하고 있습니다. 하지만 그건 선동일 뿐이죠. '선동할 때에는 말 한마디만 필요하지만 선동에 반박할 때에는 수십 장의 문서와 증거가 있어야 한다. 그리고 그 증거들을 전부 모았을 때엔 사람들은 전부 선동되어 있다.'라는 말을 진짜 괴벨스가 한 건 아닙니다. 하지만 그가 했다고 누구나 믿을 정도로, 천재적인 통찰력을 보여 주는 말이지요."

노형진은 그렇게 말하면서 원고 측 변호사를 바라보았다.

'그래, 억울하겠지.'

여기서 '그건 위조된 서류입니다.'라고 싸울 수도 있다.

하지만 그건 재판정에서 흔하게 나오는 말이고 판사는 그 말을 믿지 않는다.

'하지만 선동이라고 하면 이야기가 다르지.'

선동은 상대방이 그걸 믿도록 영향을 줘서 스스로 선택을 하도록 만드는 것이다.

하지만 지식인에게는 안 먹힌다는 것이 약점이다.

'그리고 판사들은 스스로를 지식인이라고 생각하지.'

지금부터 판사는 아마 상대방 변호사가 하는 말을 일단 진지하게 의심부터 할 것이다.

그래야 선동당하지 않을 테니.

'이게 바로 역선동이라는 거다, 후후후.'

전혀 예상하지 못한 방식의 변호에 순간 당황한 원고 측 변호사.

하지만 노형진의 변론은 끝나지 않았다.

"이게 선동이라는 게 증거가 있습니까?"

"증거요?"

"그렇습니다. 당신 말마따나 이게 선동이라는 증거가 있느냐 말입니다."

"증거를 제출하는 건 주장하는 쪽 아니던가요?"

"그래서 선동에 대한 증거가 있느냔 말입니다."

"제가 선동을 했지요. 그리고 그걸 반박하기 위해서는 당신이 움직여야지요."

"미친."

'미친 게 아니지.'

이미 노형진은 스스로 선동을 했다고 언급했다.

그 명언처럼, 그걸 반박하기 위해서는 수십 장의 증거가 필요하다.

'슬쩍 입증책임을 떠넘긴 거지.'

여기서 이게 아닙니다, 저게 아닙니다 하고 입증하려면 복잡하다.

하지만 저쪽에서 내지 못하면 입증할 필요도 없다.

노형진은 그걸 노리고 움직인 것이다.

"이 선동을 반박하기 위해서는 돈을 줬다는 증거가 있어야 합니다."

"뭐요?"

"이 돈을 줬다는 증거는 이 각서뿐입니다. 그리고 각서에 찍혀 있는 도장은 언제든 위조할 수 있지요."

"재판장님, 피고 측은 지금 거짓말을 하고 있습니다. 해당 도장은 저희가 이미 위조하지 않았다고 전자현미경으로 증명했습니다."

'오, 그 사건을 알고 있네?'

노형진은 과거에 비슷한 사건에서 도장을 위조해서 찍은 것을 증명해 냈다.

원래 도장은 손으로 깎은 것이었는데 위조한 서류는 기계로 정밀하게 복제해 냈던 것으로, 전자현미경으로 확대해서 사건을 뒤집었던 것.

'문제는 이번 사건의 도장은 기계로 깎은 거라는 거지.'

그러니까 그런 식으로 따지고 들어 봐야 불리한 것은 자신이다.

그렇다면 다른 식으로 뒤집으면 된다.

"그러면 도장을 위조할 수 있음을 인정하는 거네요."

"뭐요?"

"마진건설의 인감도장은 기계로 깎은 도장입니다. 이를 반대로 말하면, 얼마든지 기계로 똑같이 깎아 낼 수 있다는 말이지요."

"헉!"

설마 그런 식으로 해석할 수 있을 거라 생각하지 못한 원고 측 변호사는 당황했다.

"그러면 원고 측이 주장할 서류가 또 있지요. 설마 모르지는 않으실 테고."

"……."

노형진이 가르치려 들자 자존심 상하는 표정이 되는 원고 변호사.

모르지는 않는다.

'하지만 모른 척하고 싶었겠지.'

그 채권액이 무려 30억이다.

그 정도면 못해도 3억 이상의 수임료를 받았을 테니까.

"아까 말씀드렸다시피 뒤집는 방법은 간단합니다. 그 주셨다는 돈 30억을 계좌 이체한 내역을 보여 주시면 됩니다."

"뭐라고요?"

"설마 현금으로 30억이라는 돈을 줬다고 생각하시는 건 아니지요? 요즘 같은 시대에 그런 사람이 있을까요?"

만일을 대비해서라도 그런 돈을 현금으로 주지는 않는다.

설사 주고 싶다고 해도, 그 정도 돈은 현금으로 가지고 있기도 힘들다.

"만일 현금으로 주셨다면."

노형진은 친절하게 말했다.

"설마 그걸 장판 아래에 감춰 두고 있지는 않을 테니까 출금 내역이라도 제출해 주시기 바랍니다."

간단한 말장난으로 도리어 입증책임을 넘겨 버린 노형진 때문에 원고 측 변호사는 화가 나서 눈이 돌아가는 기분이었다.

하지만 이미 판사는 넘어가서 고개를 끄덕거리는 상황.

실실 웃는 노형진을 보면서 원고 측 변호사는 애써 미소를 지으며 말했다.

"재…… 재판장님, 증거를 확보하기 위해 정회를 요청합니다."

하지만 그의 얼굴에 있는 쓴웃음은 지워지지 않고 있었다.

"간단하게 뒤집네요?"

고연미는 혀를 내둘렀다.

"저는 이게 가짜라는 증거를 내밀 줄 알았는데요."

"그러면 좋은데, 애석하게도 그걸 증명하려면 힘들잖아요."

입금 내역을 뽑아내도 되지만 그러기 위해서는 회사와 접촉해야 한다.

더군다나 개인의 계좌로 받기 위해서는 법원을 통해 허가를 받고 사망자라는 걸 증명한 다음, 사망한 사람의 계좌를 은행의 허가를 얻어서 열어 봐야 한다.

"뭘 그렇게 귀찮게 합니까?"

"그런데 왜 가짜라고 주장하지 않으신 거예요? 보통은 그러잖아요."

"그건 그렇지요. 가짜라고 주장할 수도 있지요. 하지만 저건 프린트된 종이입니다. 제작 날짜를 알 수가 없지요."

거기에 찍혀 있는 날짜는 어렵지 않게 바꿀 수 있다.

더군다나 상황을 보면 거기에 찍혀 있는 도장은 원본인 게 분명하다.

"그런 상황에서 그게 가짜라는 걸 증명하기 위해서는 얼마나 걸릴까요?"

"아아."

"그들이 전자현미경으로 그걸 확대해서 가지고 왔다는 것은 이미 그게 진짜라는 걸 입증할 자신이 있다는 겁니다. 아마 내가 가짜라고 주장할 거라 예상했겠지요."

다른 변호사들도 그렇게 나올 테니까.

"그래서 말장난을 하신 거죠."

"고상하게 선동이라 불러 주십시오."

노형진은 키득거리면서 웃었다.

"하지만 그게 끝이 아니기는 하죠. 내부의 누군가가 도장을 찍어 줬다는 거니까."

사고 이후에 누군가 분명 도장을 찍어 줬다.

과연 그게 누군지 알 수는 없다.

"백조수일까요?"

"그건 아닐 겁니다."

백조수가 주범일 수는 있다.

하지만 기본적으로 30억짜리 도장을 찍어 줬다는 것은 돈이 나가는 것을 방치했다는 거다.

"그런데 자기들끼리 나눠 먹기도 아까운 돈을 다른 사람들에게 줄까요?"

청구를 한 사람은 전혀 다른 사람이다.

그들과 관계가 없는 존재인 만큼, 청구한 쪽이 달라고 한다고 줄 리 없다.

"그러면 다른 누군가인가? 그걸 어떻게 찾죠?"

"백조수에게 찾아 달라고 해야지요."

"네? 하지만 해 주지 않을 것 같은데요."

백조수는 만장일치로 사장으로 추천받았다.

그 말은 그가 이미 회사 사람들과 나눠 먹겠다고 짠 것이나 다름없다는 뜻이다.

"그러기 위해서는 누군가 배신해야 한다는 건데, 자기한테 피해가 오는 것도 아닌데 과연 그렇게 할까요?"

"피해를 입지 않는다고요?"

노형진은 피식 웃었다.

"누가 그래요, 피해 안 입는다고?"

"네?"

"애초에 이 재판은 사건 자체가 성립이 안 되는 겁니다."

"그게 무슨 말이에요?"

"분명히 마진건설은 지분 100%의 기업입니다. 하지만 지분을 다 가지고 있는 것과 그 기업을 가진 건 전혀 다르죠."

"그게 무슨 말이죠? 이건 개인사업인데요."

"개인사업입니다만, 그렇다고 해서 모든 걸 그가 책임질 이유는 없지요."

일반적으로 개인과 그가 하는 개인사업은 거의 같다고 생각하지만 엄밀하게 말하면 그 두 개는 전혀 다르다.

"그리고 저는 그 부분을 노려 볼 생각입니다."

"어떻게요?"

"일단은 백조수를 증인으로 세워 볼 생각입니다."

그리고 그곳에서 그를 흔들어 볼 생각이었다.

⚖️

백조수는 재판정에 증인으로 불려 나왔다.

상당히 기분 나쁜 일이었지만 실제로 그는 기분이 좋았다.

얼마 후면 자신도 어마어마한 거부가 될 거라 생각했기 때문이다.

"그래서 증인, 이 도장은 기존 사장이 찍은 것 맞습니까?"

"그렇다고 생각합니다."

"확실하게 대답해 주세요."

"맞습니다. 그분이 찍은 게 확실합니다."

백조수는 자신 있게 대답했다.

"재판장님, 보다시피 이 채권에 대해 이미 관련자들이 인정하고 있습니다. 비록 현금으로 지급해서 그 증거가 없다고 하지만, 회사의 관련자들이 해당 채권에 대해 인정하고 있습니다. 그러므로 원고 측이 그 돈을 지급하는 것이 맞다고 생각합니다. 이상입니다."

'나름 머리를 썼네.'

돈은 현금으로 줬고, 그 현금은 자신의 계좌에서 계속 출금해서 보관하고 있던 것이었다.

그 증거로 출금 내역을 제출한다는 것이 그들의 방어 방법이었다.

'30억이라……. 용케 채웠네.'

노형진은 넘겨받은 출금 내역을 보면서 실실 웃었다.

출금 기간은 6개월. 그사이에 분명히 30억이라는 돈이 나갔다.

'멍청하긴.'

물론 30억이라는 숫자는 맞았을지도 모른다.

하지만 그건 반대로 말하면 이 돈이 어딘가 다른 곳으로 빠져나갔다는 소리다.

'그리고 그건 탈세라는 소리지.'

30억 정도 되면 그냥 계좌에서 빼낼 돈은 아니다.

즉, 원고는 원래부터 탈세를 목적으로 돈을 빼돌리고 있었다는 것이다.

'어쩌면 이것에 맞춰서 30억 채권을 요구한 걸지도 모르고.'

중요한 건 그게 아니다.

"피고 측 변호인, 질문하세요."

노형진은 판사의 말에 앞으로 나갔다.

"증인, 저 도장을 찍는 것을 봤습니까?"

"네?"

"증인은 영업부 이사였습니다. 그래서 회사 생활의 대부분을, 외부에서 영업을 한 것으로 알고 있습니다만. 그런데 어떻게 30억이라는 채권을 구하는 서류에 도장을 찍는 장면을 봤지요?"

"그건……."

재무 부서 쪽이라면 모를까 영업부는 해당 업무와는 관련이 없다.

그러니 그걸 본 적이 있을 수가 없다.

"눈앞에서 본 건 아닙니다. 하지만 확실히 그분이 찍었다고……."

"그러니까 본 것도 아닌데 어떻게 저 도장이 맞다고 생각합니까?"

"딱 보면 압니다."

"그래요? 진짜로 말입니까?"

"그렇습니다. 제가 회사 생활만 12년 했습니다. 회사의 도장을 못 알아볼 정도는 아닙니다."

"도장만 맞으면 맞다?"

"보면 알 수 있습니다."

"그렇군요."

노형진은 고개를 끄덕거렸다.

그리고 자신의 자리로 가서 뭔가를 꺼내 그에게 건넸다.

"이건 뭔가요?"

"회사의 대표가 시중에 푼 채권 각서입니다. 구분하실 수 있나요?"

"네?"

"이 중에서 골라내 주시기 바랍니다."

노형진은 총 서른 장의 종이를 건넸다.

그걸 받아 든 백조수는 어이가 없다는 듯 외쳤다.

"장난합니까!"

"장난이라니요?"

"채권액이 이게 가능할 리 없지 않습니까!"

"채권이 뭐 잘못되었나요?"

"채권의 금액이 총자산을 터무니없이 넘어가지 않습니까!"

회사의 총자산은 간신히 100억이 넘는다.

그런데 채권 각서에 쓰인 금액은 무려 387억.

회사를 통째로 팔아도 보충할 수 있는 수준이 아니다.

더군다나 채권의 시기도 이르다.

"구분할 수 있다고 하지 않으셨나요?"

"뭐요?"

"구분할 수 있다고 하지 않으셨습니까? 그러니 구분해 주십시오!"

노형진의 말에 백조수는 한참 그걸 바라보다가 '탁!' 하고 내려놨다.

"다 가짜 아닙니까!"

"그런가요?"

"네, 이거 다 가짜입니다."

"다시 한번 봐 주세요."

"몇 번을 봐도 가짜입니다."

그는 확신했다, 노형진이 내놓은 서류는 다 가짜라고.

그렇지 않다면 387억이라는 어마어마한 돈이 나올 수가 없으니까.

아무리 생각 없이 사업을 해도 여기에 도장을 찍지는 않을 것이다.

"여기에 있는 게 다 가짜란 말인가요?"

"그렇습니다."

"그렇군요."

노형진은 고개를 끄덕거렸다.

그리고 다시 자리로 가서 다른 서류를 내밀었다.

"재판장님, 여기 다른 증거가 있습니다. 공증 서류입니다."

"공증 서류?"

"그렇습니다. 제가 건넨 387억의 채권 서류 중 3억 8천은 피고 측의 아버지가 살아생전 공증을 받은 인증된 서류이며, 그 수는 총 여덟 장입니다."

"뭐라고요?"

백조수는 당황했다.

설마 그중에 진짜가 있을 거라고는 생각도 못 했던 것이다.

'설마 채권자들을 못 찾을 거라 생각했나?'

아무리 회사와 관련이 없다고 해도, 기본적으로 새론의 정보 팀에 그 정도 능력은 있다.

아니, 하다못해 공증 여부만 확인해도 된다.

거래하든 공증을 해 주든, 로펌은 하나뿐이니까.

"방금 전 증인은 도장을 구분할 수 있다고 했습니다. 하지만 무려 여덟 장이나 들어 있는데도 불구하고 그 안에서 한 장도 못 찾아내셨네요."

"그…….."

똑같이 생긴 도장을 어떻게 구분한단 말인가?

그건 불가능하다.

'넌 함정에 빠진 거지, 후후후.'

그가 구분 못한다고 하면 이 채권은 그때부터 효력을 가진다.

그런데 시기로 봐서는 이미 재판하고 있는 시기보다 더 이르기 때문에 회사가 통째로 털릴 수밖에 없는 상황이 된다.

결국 그는 통째로 부정하는 수밖에 없다.

"우리가 채권자들을 찾지 못할 거라 생각했습니까?"

노형진은 차갑게 말했다.

우물쭈물하는 백조수.

'확실히 개별 채권 소송에 다른 채권자가 낄 일은 없지.'

그러니 방심했을 것이다.

하지만 다른 채권자가 끼는 그 순간부터 상황은 복잡해진다.

"어떻게 생각하십니까? 제대로 확인 못하시는 것 같은데."

"그건 그런데……."

눈을 데굴데굴 굴리는 백조수.

하지만 노형진의 공격은 끝난 게 아니었다.

"그런 의미에서 말입니다."

"그런 의미에서?"

"이번 사건은 애초에 소송의 당사자가 틀리지 않았습니까?"

"뭐요?"

"소송의 당사자는 돌아가신 전 사장님이 아닙니다. 당연히 그 유가족도 아니지요."

노형진은 재판장과 상대방 변호사에게 서류를 흔들었다.

"재판장님, 지금까지의 쟁점은 이 도장을 전 대표가 찍었는가 찍지 않았는가였습니다. 그런데 여기서 문제점은, 전 대표가 찍었다고 해도 과연 이 재판이 합당한가입니다."

"합당?"

어리둥절한 사람들. 합당이라니?

그러나 노형진이 하는 말에 상대방 변호사는 당황해서 어쩔 줄 몰랐다.

"이 채권 각서에 찍혀 있는 도장은 분명 마진건설의 법인 도장입니다. 그 말은, 이 채권이 성립된다면 그 채권을 변제할 곳은 유가족이 아니라 마진건설이라는 겁니다."

"하지만 마진건설은 지분을 1인이 다 쥐고 있는 무한책임 기업입니다!"

상대방 변호사는 아차 싶어서 태클을 걸었다.

무한책임 기업이란 그 기업의 파산에 개인이 책임지는 구조를 말한다.

가령 주식회사는 30억을 투자했다가 날리면 그 30억만 날리는 것일 뿐, 그 회사의 채무를 주주가 책임질 필요는 없다.

이를 유한책임이라 한다.

하지만 무한책임 회사는 회사가 망하는 경우 그 채무까지 책임지는 시스템으로 되어 있다.

이런 개인기업의 경우 결국 구조상 무한책임이 된다.

"하지만 그건 어디까지나 채무의 당사자인 기업이 그 돈을 갚을 능력이 안 될 때의 이야기지요. 이런 경우 1차 변제는 기업이 하고 그 후에 당사자가 부족분을 갚는 게 정상입니다."

노형진은 피식 웃으며 말했다.

"그 말은, 이 채권을 변제해야 하는 당사자는 유가족이 아니라 마진건설이라는 뜻입니다."

백조수의 얼굴이 상당히 불편하게 변하기 시작했다.

심기가 뒤틀렸는데 그걸 표현 못 하는 그런 얼굴이었다.

'그래, 그렇겠지.'

노형진은 그의 속마음을 정확하게 알고 있었다.

그는 사장의 돈이니까 상관없다 싶었을 것이다.

그러니 좋은 게 좋은 거라고, 사장이 찍은 거라고 했던 것이다.

분명 그걸 찍어 준 사람은 그와 작당한 사람 중 한 명일 테니까.

'하지만 이러면 상황이 바뀌거든.'

총자산이 100억대인 회사.

아무리 중간에서 해 처먹는다고 해도 60억이 한계다.

공사비도, 채권도 지급해 줘야 하니까.

그런데 그중 30억이 훅 나가게 생겼다.

절반이나 되는 돈이 날아가게 생겼으니 그는 당황할 수밖에 없다.

"재판장님, 제 생각에는 이 도장은 누군가 장례식 중에 다급하게 들어가서 몰래 찍은 것이 아닌가 싶습니다."

노형진은 백조수에게 다 들으라고 재판장에게 말했다.

"그런 경우 회사에 명백히 피해가 갈 수밖에 없습니다."

"으음……."

"증인, 아까 원고 측 변호사의 질문에 이게 전 사장님이 도장 찍은 게 확실하다고 했지요? 확신합니까? 경고합니다만, 지금 아니라고 하면 위증을 자인하시는 겁니다."

백조수의 얼굴이 사정없이 일그러졌다.

아니라고 하면 위증이 되고, '네.'라고 대답하면 30억이 날아간다.

노형진의 말대로 회사의 책임자가 빌린 돈이니, 어차피 유가족이 낼 돈이 아닌 것이다.

'답은 정해져 있지.'

"아니요. 사실은 못 봤습니다."

"그런데 왜 봤다고 했습니까?"

"선량한 피해자가 발생할까 두려웠습니다."

'지랄한다.'

본래 먹었어야 할 돈을 못 먹게 되자 아까웠던 백조수는, 결국 자신이 위증했다는 것을 인정할 수밖에 없었다.

몇 명이나 배신했는지 모르지만 절반 가까이를 날리면 나머지 사람들이 백조수를 그냥 둘 리 없기 때문이다.

'그에 반해 위증은 벌금 몇백이지.'

백조수가 갑자기 말을 바꾸자 원고 측 변호사는 당황했다.

'뻔하지. 무슨 이야기가 되어 있었겠지.'

하지만 이미 증언이 끝났고, 판사는 심각한 얼굴로 다음 기일을 언급했다.

"백 사장님, 잠시만요."

"어흠흠…… 그래, 무슨 일입니까?"

막 떠나려던 백조수는 노형진이 붙잡자 불편한 얼굴로 다가왔다.

"누가 도장을 찍었는지 모르십니까?"

"전 모릅니다."

"그러면 정식으로 고발해야겠네요."

"네?"

"정식으로 고발할 겁니다. 현 시간부터 관련 영상은 삭제
하지 말아 주십시오."

그의 얼굴은 딱딱하게 굳었다.

"지금 명령하는 겁니까?"

"네. 유가족분들의 명령서입니다."

노형진은 그에게 미리 준비한 물건을 내밀었다.

백조수는 그걸 받아 들고 상당히 불편한 얼굴이 되었다.

'지금부터 삭제를 하고 싶어도 못 하지.'

하는 순간 증거인멸의 우려가 인정되며, 그러면 수사는 그
에게 쏠릴 수밖에 없으니 그를 자를 수 있는 합당한 이유가
된다.

'자기 혼자 죽을 수는 없을 테니.'

"알겠습니다. 더 하실 말씀 없으면 가 보겠습니다."

백조수는 서류를 쥐고는 더 이상 말할 틈도 없이 대꾸하고
획 가 버렸다.

멀어지는 그를 보던 노형진의 옆으로 고연미 변호사가 다
가왔다.

"삭제 안 할까요?"

"할 수가 없겠죠. 지금쯤 압수수색영장 나왔겠지요?"

사실 이미 신고는 했고 수색은 코앞까지 닥쳐왔다.

그는 모르겠지만 말이다.

"남은 건 누가 그랬는지 털어 내는 거죠."

"그런데 그런다고 노 변호사님 말씀대로 내부에서 붕괴될까요?"

"붕괴될 겁니다. 그것만 있는 게 아니거든요."

"또 다른 게 있어요?"

"네, 뭐냐 하면…… 아, 저기 나오네요."

노형진은 막 나오는 원고 측 변호사를 불렀다.

"잠시만요. 소개시켜 드릴 분이 있습니다."

"소개시켜 주실 분?"

"그렇습니다."

"누굽니까?"

"누구시냐 하면……."

노형진이 구석을 향해 손을 흔들자 한 남자가 다가왔다.

"이분이십니다."

"누구신데요?"

"국세청에서 일하시는 분입니다. 그냥 박 과장님이라고 부르시면 됩니다."

"네?"

자기 이름을 밝히지 않는다는 것. 그건 적대적 관계를 의미한다.

그리고 그 적대적 관계의 목적은 금방 드러났다.

"박 과장님, 여기."

"이봐요! 그건……!"

"네, 방금 그쪽에서 증거로 제출한 거죠."

노형진은 실실 웃으며 말했다.

"그 돈이 어디서 나왔는지, 저희가 알아야 하지 않습니까? 출금 내역은 있고 그게 30억인 건 맞지만, 그게 여기로 온 건지 아니면 다른 쪽으로 간 건지 확인해야지요. 그런 거 잘 조사하는 분들이 국세청 아니겠습니까?"

순간 원고 측 변호사의 얼굴이 창백해졌다.

아마 이런 상황은 예상하지 못한 모양이었다.

"잘 부탁드립니다, 박 과장님."

"별말씀을요."

그는 그걸 받아서 뒤돌아서 가려고 했다.

"잠시만요, 박 과장님!"

원고 측 변호사가 다급하게 붙잡으려고 했지만 그는 뒤도 돌아보지 않고 가 버렸다.

명함 하나 받지 못한 채 당혹감에 휩싸인 상대방 변호사에게 노형진이 씩 웃었다.

"저분이랑 연락하고 싶으면 저랑 하시면 됩니다."

"뭐라고요?"

"서로 피 보기는 싫을 거 아닙니까? 후후후."

상대방 변호사는 입을 쩍 벌렸다.

"당신, 변호사 맞아!"

"그건 당신에게 하고 싶은 말이네요."

노형진이 씩 웃으면서 말하자 그는 아무런 말도 할 수가 없었다.

배신이야, 배신

　노형진은 지속적으로 채권이 유가족의 책임이 아니라 회사의 책임이라 주장했다.

　아 다르고 어 다른 것이 법이다.

　"무한책임이라는 건 생각도 못 했네요."

　"까딱 잘못하면 착각하는 부분이니까요."

　무한책임 회사이기 때문에 문제가 생기면 분명 사장이 최후까지 책임지는 것은 맞다.

　하지만 그건 어디까지나 회사에서 책임지지 못하는 부분이다.

　"하지만 저들은 어차피 책임질 거니 유가족이 책임지는 거라 생각했겠지요."

그래서 회사가 아니라 유가족에게 청구했을 테고, 그건 일견 맞아 보였다.

　"하지만 사장으로서 빌린 부분이니까 당연히 회사가 우선적으로 책임져야 합니다."

　"그런데 이게 내분이 되네요."

　만일 회사를 다른 사람들이 먼저 나눠 가지고 난 후 쭉정이만 남은 상태에서 그가 고소를 했다면, 그 책임은 재산을 물려받은 유가족이 져야 했을 것이다.

　하지만 아직 회사가 남아 있는 상태였기 때문에 일단 그 책임을 져야 하는 것은 회사였고, 그 짧은 시간 차가 사건의 모든 것을 뒤집기에는 충분했다.

　"도장을 찍어 준 놈이 과연 그냥 재미삼아서 찍어 줬을까요?"

　한두 푼도 아닌 무려 30억짜리 채권이다.

　그걸 도장을 찍어 준 사람이라면, 당연하게도 그에 상응하는 대가를 받기로 되어 있을 것이다.

　"결국 내부에서는 싸움이 될 수밖에 없죠."

　절반이나 되는 돈을 누군가 빼앗아 가게 생겼다.

　그런 만큼 그들은 그 돈을 지키기 위해 어떻게 해서든 그 도장을 찍어 준 인간을 찾아야 한다.

　그리고 채권이 무효라는 것을 입증해야 한다.

　"그리고 도장을 찍어 준 사람은 입을 다물겠지요."

　그럴 수밖에 없다.

결국 배신을 했다는 것을 인정하는 꼴이니까.

설사 도장을 찍어 준 행위가 먼저라고 해도 말이다.

"그런데 찾을 수 있을까? 아무래도 못 찾을 것 같은데 말이지."

송정한은 우려 섞인 말을 꺼냈다.

당장 사장실에 있던 CCTV 영상은 오래되어서 삭제된 지 한참 지났다.

시간상 그걸 복구할 방법도 없다.

거기에다 그 인간이 입을 열 리도 없고 말이다.

"그래서 제가 국세청의 박 과장님을 소개시켜 드린 겁니다."

"근데 그 사람은 박 과장이 아니잖아. 애초에 국세청 사람도 아니지 않나?"

고개를 갸웃하는 송정한.

"네. 진짜 국세청 사람이라면 모르겠지만, 진짜가 아니잖아요?"

고연미도 고개를 갸웃했다.

현장에서 회사의 직원 중 한 명을 국세청 사람이라고 소개를 시켜 줬다.

사실 그건 상당히 위험한 일이다.

사칭의 위험이 있으니까.

"함정이니까요. 사칭이라고 해 봐야 상대방이 범죄를 인정해야 고소가 가능합니다."

사칭으로 고소하는 순간 그들의 기록도 형법적 영역으로 넘어가 버린다.

민사와 형사는 전혀 다르다.

형사로 넘어가면 제대로 자금의 흐름을 추적할 테고, 그러면 민사는 질 수밖에 없다.

"결국 그들은 신고할 수가 없죠."

"그걸 노린 건가?"

"그럴 리가요. 그런 거였다면 이미 신고했지요."

노형진은 씩 웃었다.

"제가 노리는 건 그들이 내부에서 흔들리는 겁니다."

"내부에서 흔들리는 거라……."

"제가 그들의 눈앞에서 국세청에 자료를 넘겼습니다. 이름이 아니라 박 과장이라고만 한 건 신분을 감추기 위한 게 아니었습니다."

보통 소개를 한다고 하면 김 누구 박 누구 하면서 이름까지 알려 준다.

하지만 노형진은 그날 박 과장이라는 애매한 신분만 알려 줬다.

국세청이라고 하지만 본청인지 지청인지 확인할 수도 없고, 과장급 중에서 박씨 성을 가진 사람은 엄청나게 넘쳐 나는지라 그를 추적할 방법도 사실상 없다.

"사진을 찍은 것도 아니니 국세청에 가서 '이렇게 생긴 과장님을 찾습니다.'라고 할 수도 없죠."

"아, 그건 그렇지."

국세청의 경우 업무가 업무다 보니 원한을 가지는 사람이 많다.

그래서 그런 식으로 조사하고 다니면 가장 먼저 의심하는 것은 보복이다.

"결국 우리한테 연락해서 협상을 해야 합니다."

"무슨 협상?"

그 순간 '띠리링' 하고 울리는 문자 착신음.

노형진은 핸드폰을 살펴보고는 씩 웃었다.

"이런 협상이지요."

노형진은 핸드폰을 들어서 두 사람에게 보여 줬다.

거기에는 상대방 변호사가 보낸 문자가 적혀 있었다.

-사건에 대해 진지하게 이야기하고 싶습니다.

⚖

상대방 변호사는 똥 씹은 얼굴로 노형진을 찾아왔다.

"접수된 사건이 없던데요."

그는 슬쩍 노형진을 찔렀다.

하지만 노형진이 그 정도에 낚일 리 없었다.

"연락이 오기를 기다렸으니까요. 진짜 조사하기를 바랍니까?"

진짜로 넘겨주는 건 어려운 일이 아니다.

그날 넘긴 것도 결국 사본이니까.

법원에는 공용 복사기가 있기 때문에 그걸 복사하는 건 어려운 일이 아니다.

"연락이 오기를 기다렸다고요?"

"네."

사실 진짜로 넘겨도 된다.

이 정도면 진짜로 국세청에서 조사를 하고 상대방을 날려 버릴 수 있다.

하지만 그러면 시간이 걸리고 유가족들의 마음만 썩는다.

그가 세금을 두들겨 맞는다고 해도, 결국 정부에만 좋은 거지 유가족에게 좋은 건 하나도 없고 말이다.

"그래서, 뭘 어쩌기를 바랍니까?"

"연락을 하셨을 때 이미 예상하고 온 거 아닙니까? 뭘 원하는지 아시니까 아직 국세청에서 조사를 하지 않는다는 것도 아실 테고요."

"큭."

"딱 잘라서 20억."

"미친!"

"싫음 말든가."

노형진은 코웃음을 쳤다.

"그러니까 작전을 짜려면 제대로 짜야지요. 어설프게 짜니까 이렇게 된통 당하는 겁니다."

노형진은 히죽거리면서 말했다.

"국세청에서 자금 흐름을 조사하면 탈세가 나올 테죠. 아시죠, 우리나라는 탈세에 대해서는 어마어마하게 세금을 물리는 거?"

탈세의 경우 탈세한 금액에서 50%를 가중하며 거기에다가 과태료는 따로다.

그래서 탈세를 하다 걸리면 최악의 경우 번 돈을 모조리 뜯기는 경우도 있다.

"30억을 움직일 정도의 자산을 가지고 있는 분이라면 그보다 더 많이 세금을 내진 않으셨을 텐데."

그들이 내놓은 서류는 6개월 치 정도.

당장 똑같은 비율로 3년만 계산해도 움직인 돈이 무려 180억이다.

그 정도 돈을 움직이다가 탈세로 걸리면 아마 빌딩 한 채쯤은 날릴 것이다.

"우리가 그냥 형사고소만 할 거라고 생각하셨겠죠."

노형진은 실실 웃으며 변호사에게 말했다.

확실히 이상한 사건이다.

그리고 대부분의 사람들은 뭔가 이상하면 형사고소를 한다.

"그리고 그 정도는 덮을 수 있다고 생각하셨겠지."

안 그랬다면 이런 행동을 할 수가 없다.

하지만 국세청은 생각하지 못했을 것이다.

"국세청에서 일단 털었는데 형사에서 죄가 안 된다고 할 수는 없을 테고. 그러면 민사는 못 이길 테고."

노형진은 느긋하게 말했다.

"의뢰인께서는 세금은 세금대로, 과징금은 과징금대로, 합의금은 합의금대로 내셔야 할 테고, 사기에 대한 징역도 사셔야 할 테고. 뭐, 돈 많으면 그것도 돈으로 때울 수 있겠지요. 그런데 아무리 봐도 20억보다는 더 나갈 것 같은데요?"

"큭."

"우리도 박 과장님한테 인사는 드려야 하지 않습니까?"

노형진이 느긋하게 말할수록 상대방 변호사는 얼굴이 붉으락푸르락해졌다.

하지만 노형진의 말이 맞다.

어설프게 작전을 짰다가 독박 쓴 상태였다.

'염병.'

형사고소가 들어오면 그건 해당 가해자 주소지에 있는 경찰서로 이첩된다.

그리고 이미 그쪽은 다 손써 둔 상태였다.

그래서 문제가 안 될 거라 생각했다.

"아, 그리고."

노형진은 상대방 변호사를 보면서 씩 웃었다.

"수백억 손해를 보신 그분께서 과연 당신을 그냥 둘지 모르겠네."

변호사의 얼굴이 이번에는 파리하게 변했다.

"대충 합의하고 큰손님 하나 잃는 걸로 끝내는 게 당신 입장에서는 더 나을 것 같은데요? 어차피 전권 받고 오셨을 텐데. 이런 사기를 치는 분께서 인성이 너무 좋으셔서 자비가 넘쳐 날 것 같지는 않고."

"15억. 그 정도가 한계입니다."

그는 그렇게 말하면서 손을 부들부들 떨었다.

탁자 위에서 부들부들 떨리는 그의 손을 보고 노형진은 슬쩍 자신도 탁자 위에 손을 올리고 기억을 읽기 시작했다.

'망할 새끼. 나를 이런 식으로 몰아붙여? 씨발, 씨발, 염병. 이번 사건에 엮이는 게 아니었는데. 그나저나 어쩌지? 적당히 주고 입 다물게 하라고 지시받기는 했지만 20억이라니. 최대치보다 5억이나 많잖아? 다리라도 붙잡고 빌어야 하나, 씨발. 이거 제대로 못 막으면 난 끝장인데.'

책상을 타고 넘어오는 상대방 변호사의 기억들.

그걸 읽어 내면서 노형진은 속으로 싱긋 웃었다.

'진짜군.'

한계는 15억.

그쪽도 더 이상 시끄러워지는 것을 원하지 않는다.

사실 아무리 전권을 받았다고 해도 한도 이상 합의할 수는 없는 노릇이다.

"그러면 우리가 좀 마음에 안 드는데."

"우리와 싸우자는 겁니까?"

"못 싸울 건 없죠."

노형진은 어깨를 으쓱했다.

"우리 새론입니다. 무슨 뜻인지 아시죠?"

"씨발."

지금까지 속으로만 욕하던 변호사는 결국 욕을 입 바깥으로 토해 내고 말았다.

새론.

다른 곳은 그저 사건을 수임하고 이기든 지든 재판이 끝나면 신경 쓰지 않는다.

하지만 새론은 다르다.

새론은 상대방이 돈으로 찍어 누르면 똑같이 행동한다.

새론 자체도 돈이 많고, 미다스와 마이스터의 지원을 받는 복수재단도 있다.

"돈 싸움이라면 언제든 환영합니다."

아무리 자신의 의뢰인이 돈이 많다고 해도 새론을 이길 수는 없다.

결국 싸우겠다고 하는 것도 허세에 지나지 않는다.

"미안합니다. 하지만 우리도 한계가 있어요. 사실 그 정도 돈이 있는 사람이 이런 행동을 한 건, 돈 욕심도 있지만 자금이 다급하게 필요해서 그런 겁니다."

'지랄한다.'

부자는 망해도 3대는 간다는 말이 있다.

즉, 망한다고 해도 빼돌린 자금이 그만큼 많다는 소리다.

그런데 자금이 없어서 합의를 못 한다?

그건 개소리다.

'개소리이기는 하지만 뭐, 넘어가 주지.'

애초에 이런 식으로 움직인 것은 돈이 목적이 아니다.

"좋습니다. 대신에 조건을 달지요."

"조건?"

"도장 찍어 준 놈."

"네?"

"회사에서 누군가가, 유가족이 장례 치르느라고 정신없을 때 거기에 도장을 찍어 줬을 거 아닙니까? 그놈이 누군지 공개하세요."

"그건……."

"안 그러면 합의는 없습니다."

진짜 목적은 그놈을 찾는 것이다.

그래야 모든 것이 정상으로 돌아간다.

"그거면 15억에 합의해 주는 겁니까?"

"네. 어차피 그쪽하고는 이제 볼일 없지 않습니까?"

이미 계획은 틀어졌다.

그리고 그 도장을 찍어 준 자가 누군지 모르지만 같이 갈 일은 없어졌다.

'범죄자들에게 의리를 구한다는 게 가장 멍청한 짓이지.'

한두 푼도 아닌 5억을 깎을 수 있는 상황.

그 상황에서 과연 그에게 고지를 하지 않을까?

"알겠습니다. 그 사람의 이름을 알려 달라고 하지요."

"저한테 알려 주시는 것도 좋지만 다른 곳에도 알려 주셔야지요."

"다른 곳?"

"네. 회사가 피해자이니 회사에 알려 주셔야지요."

노형진은 씩 웃었다.

"회사에 내용증명으로, 누가 도장을 찍었다고 보내 주세요."

진짜 목적은 그거였고 상대방 변호사는 그걸 거부할 수가 없었다.

⚖

"이 개새끼야!"

추용서는 회의에 들어오자마자 욕을 먹기 시작했다.

"네가 우리를 배신해?"

"아니, 내가 뭘 배신했다고 하는 거야!"

"이거 뭐야!"

백조수는 자신에게 온 내용증명을 흔들었다.

유가족과 채권 소송 중이던 사람이 보낸 내용.

자신들은 합의를 했으며, 그 도장을 찍어 준 사람은 추용 서라고 말이다.

'이런 싯팔.'

갑자기 긴급한 회의가 있다고 불러서 왔더니 생각지도 못한 일이 터졌다.

안 그래도 찍은 사람을 찾기 위해 말이 나왔을 때 난 아니라고 그는 발뺌을 했다.

그런데 난데없이 자신이 도장을 찍었다고 주장하는 편지가 왔다.

아니, 증거가 나와 버렸다.

"이런 개자식! 우리를 배신해?"

30억짜리 채권 각서에 도장을 찍어 주는 조건으로 3분의 1인 10억을 받기로 한 계약서.

자신들과 짜고 회사를 집어삼키기로 한 사람이 무려 열다섯 명이다.

최대 자금은 60억 정도.

그런데 그가 30억을 가지고 가면 나머지는 남은 30억으로 나눠야 한다.

그러니 말이 안 나올 수가 없다.

"아니, 그건 우리가 짜기 전에 한 거고⋯⋯."

"그리고 그걸 우리에게 말하지 않았고 말이지."

백조수는 눈이 벌게졌다.

미리 이야기를 들었다면 어떻게 해서든 그걸 무마했을 것이다.

하지만 그는 말해 주지 않았다.

그건 자신들과 나누는 것은 별개로, 따로 돈을 빼돌리려고 작정했다는 뜻이다.

"아니, 그건 개인적으로 받아 낸다고 했으니까……."

"개소리하지 마! 우리한테 말했어야지!"

"그건……."

추용서에게는 한참 욕이 날아왔다.

추용서는 뭐라고 할 수가 없었다.

자신이 욕심을 부린 건 사실이니까.

그리고 그런 추용서에게 백조수는 차갑게 말했다.

"넌 빠져."

"뭐?"

"적당히 해 처먹기로 했으면 같이 가야지, 우리를 배신해? 우리가 그걸 그냥 넘어갈 거라 생각했어?"

"아니, 그건……."

"넌 빠져."

"큭."

"땡전 한 푼 못 주니까, 꺼져."

추용서는 이를 악물었다.

하지만 이제 와서 그가 할 수 있는 건 없었다.

⚖️

며칠 후 추용서는 자신을 찾아온 노형진을 바라보고 있었다.

집까지 찾아온 그는 미소를 지으며 추용서를 바라보았다.

"왜 왔는지 아시죠?"

"끄응……."

도장을 몰래 찍었다는 것.

그건 명백하게 범죄다.

당사자는 합의했다지만, 정작 추용서는 합의를 하지 못했다.

그러니 그 책임을 묻기 위해 온 거라 그는 생각했다.

하지만 노형진의 입에서 나온 말은 생각지도 못한 것이었다.

"3년간 사장 자리를 드리죠."

"네?"

추용서는 깜짝 놀랐다.

자신을 고발하겠다거나 합의금을 내놓으라고 할 거라 생각했다.

그런데 3년간 사장 자리를 주겠다니?

이게 무슨 말도 안 되는 상황이란 말인가?

"어…… 그러니까, 저기……."

혹시나 자신이 도장을 찍은 걸 모르는 걸까?

내용증명을 회사에만 보낸 걸까?

'아니야. 그럴 리 없어.'

그럴 리 없다.

애초에 내용증명을 보낸 이유가 합의에 의해서다.

그러니 모를 수는 없다.

"압니다."

노형진은 고개를 끄덕거렸다.

"그리고 다른 것도 알죠."

"다른 거라 하시면?"

"다른 이사진이 회사를 해 처먹으려고 하는 것 말입니다."

추용서는 움찔했다.

"설마 우리가 그냥 채권만 정리하라고 고용된 줄 아십니까?"

물론 처음에는 그게 맞았다.

하지만 노형진이 사건을 살피다 보니 전혀 그런 상황이 아니어서 직접 나설 수밖에 없었다.

"이미 이사진과 부장급 이상이 회사의 자산을 빼돌리기로 마음먹은 거, 알고 있습니다. 그걸 위해 뒤에서 장난치는 것도요."

"그…… 그런데요?"

"배신자는 또다시 배신한다, 그런 말 아십니까?"

추용서는 눈을 찌푸렸다.

자신은 배신자라고 불린다.

사실 배신을 두 번이나 했다.

그러니 저 말이 마음에 안 들 수밖에 없다.

"나를 놀리시는 겁니까?"

"놀리는 게 아닙니다. 당신이 배신을 잘하니까 다시 한번 배신하라는 겁니다."

"다시 한번?"

"네. 그들이 배신했다는 증거를 가지고 오세요. 그러면 우리는 그들을 자르고 대신 당신을 사장 자리에 올려 주지요."

"저를 어떻게 믿고요? 배신자는 또 배신한다면서요?"

"당신을 믿지 않습니다. 그래서 당신이라는 존재를 사장 자리에 올리는 거지요."

딱 3년.

사장의 연봉은 2억이다. 그러니까 3년이면 6억이라는 소리다.

그 시간 동안 그는 충분히 돈을 모아서 뭐든 해 볼 수 있다.

6억이면 배신을 한 개개인이 챙겨 갈 몫보다 더 많은 돈이다.

"업무는 부사장 시스템으로 돌아가게 하면 되니까요."

어지간한 건 새론에서 파견된 전문 경영인인 부사장이 결정한다.

사장이라는 타이틀은 말 그대로 명예직이고 실권이 없는 것이다.

"어차피 당신은 땡전 한 푼 못 받고 버려졌습니다. 안 그런가요?"

노형진이 굳이 내용증명으로 이름을 보내라고 한 것, 그 목적이 바로 이거였다.

'배신자는 배신을 또 한다. 특히 이득이 있으면 더더욱 말이지.'

이미 그는 회사 내부에서 끈 떨어진 연 신세가 되었다.

나가서 취업하는 것도 쉬운 게 아니다.

이쪽 또한, 유가족이 개개인을 찾아가서 설득한다고 해서, 그들이 과연 마음을 바꿀까?

그럴 가능성은 낮다.

차라리 모조리 잘라 내는 쪽이 빠를 것이다.

'하지만 세상에는 원인이라는 게 필요하거든.'

다짜고짜 유가족이 찾아가서 모조리 자른다고 하면 외부적으로 갑질로 비칠 수밖에 없다.

그리고 사회적으로 안 좋은 소문이 나면 마진건설 같은 하청기업은 타격이 크다.

그들이 잘린 후 악감정을 품고 인터넷에 마진건설이 갑질한다는 식으로 이야기를 퍼뜨리면 하청이 끊어질 수도 있다.

'그런 걸 막기 위해서라도 그들의 범죄를 기반으로 해직해야 해.'

그리고 그걸 제공할 수 있는 이. 그게 다름 아닌 추용서였다.

"으으으……."

그렇게 말하는 노형진을 보면서 추용서는 문득 오한이 들었다.

자신들이 뒤에서 조용히 움직인 거라 생각했는데 이미 노형진은 다 알고 있었다는 것이 소름이 돋는 느낌이었다.

하지만 그는 섣불리 그러겠다고 할 수가 없었다.

그걸 인정한다는 것은 자신이 기업의 돈을 횡령하려고 했다는 걸 인정하는 일이니까.

"아니, 그렇게 의심스러우면 경찰에 신고하면 되는 거 아닙니까?"

노형진은 분명 증거를 가지고 오라고 했다.

그 말은 증거가 없다는 뜻이다.

그래서 그는 혹시나 고발의 위험성 때문에라도 모른 척하기로 했다.

'머리를 쓰는구먼.'

노형진은 애써 모른 척하는 추용서를 보면서 속으로 피식 웃었다.

"우리가 바보는 아니죠. 이미 서류는 깔끔하게 정리해 놨을 테니까요."

"깔끔하게 정리한 게 아니라 제대로 돌아가고 있는 겁니다."

"그래요? 그러면 당신도 고발하면 되겠군요."

"해 보시든가요."

뻔뻔하게 나오는 추용서.

하지만 그는 이내 노형진의 함정에 걸렸다는 것을 깨달을 수밖에 없었다.

"제가 말한 고발은 회사의 자산을 빼앗으려고 한 것에 대한 것이 아닙니다."

"뭐요?"

"어차피 그건 글렀으니까. 하지만 당신이 사기의 주범이라고 하던데요?"

"그게 무슨 말입니까!"

"당신이 먼저 연락해서, 자신이 도장을 찍어 줄 테니 5 대 5로 나눠 달라고 했다면서요?"

노형진은 천연덕스럽게 말했다.

그리고 추용서는 벌떡 일어났다.

"무슨 소리입니까, 5 대 5라니!"

"이미 이쪽은 증인이 있습니다."

추용서는 아차 했다.

자신은 회사에 있는 사람들과 입장이 다르다는 것을 그제야 알아차린 것이다.

회사 사람들을 고발해 봐야 서류 자체는 깔끔하게 처리했기 때문에 그들은 문제 될 게 없다.

하지만 자신은 30억짜리 사기 미수의 주범이며 그로 인한 배상도 따로 해야 한다.

자신은 원래 30%만 받기로 되어 있었지만 이미 합의를 하면서 5 대 5라는 증언이 나왔고, 자신이 먼저 하자고 한 주범이 된 이상 그 처벌은 피할 수가 없었다.

"고발할 수는 있지요. 물론 그 과정에서 안 좋은 소리가 나올 수도 있지요."

노형진은 그에게 몸을 가까이 했다.

"고발에서도 당신만 빼 드리죠."

"……저한테 원하는 게 뭡니까?"

추용서는 떨리는 목소리로 말했다.

"방패."

"방패?"

"그래요. 당신이 대표가 되어서 그들을 쳐 내기를 바랍니다."

추용서는 얼굴이 일그러졌다.

누군가를 자른다는 것은 원한이 생긴다는 것이다.

그리고 자신은 그들을 배신했다.

그런데 자신이 사장이 되어서 그들을 자르면, 모든 원한은 자신에게 쏠린다.

"설마 공짜로 6억 드린다고 했겠습니까?"

건설업에 있는 사람들 중에는 거친 사람들이 많다.

그러나 조미혜와 두 아들은 그다지 거친 사람들이 아니다.

만일 원한이 생기면 그들에게 무슨 보복이 갈지 모른다.

"인생을 망치는 것보다는 그래도 돈도 받고 수습도 하는 게 좋지 않을까요?"

"……."

"원래 회사에서 정리 해고를 하는 사람은 욕받이가 되는 겁니다, 후후후."

싫겠지만 누군가는 해야 하는 일이다.

노형진은 그저 그 부담을 덜고 싶은 것뿐이었다.

"어떻게 하시겠습니까? 그냥 당하시겠습니까, 아니면 최후의 발악이라도 한번 해 보시겠습니까?"

추용서는 입술을 깨물었다.

⚖

"이번에 새로 취임한 추용서 대표입니다."

백조수는 당황해서 추용서를 바라보았다.

전문 경영인 체제로 돌아간다는 이야기가 나오기는 했다.

그래서 마음이 더 다급해졌다.

그가 조사를 하기 시작하면 자신들이 저지른 행동이 드러나기 때문이다.

그래서 어떻게 해서든 증거를 삭제하고 조작을 해 놨다.

그런데 그 전문 경영인이라는 존재가, 그 모든 걸 의미 없게 만드는 사람이었다.

"이런 미친."

이것이 법이다

"백조수 이사님, 지금 취임 발표 중입니다."

노형진은 백조수가 혼자 한 말을 차갑게 끊어 버렸다.

"이번에 취임하신 추용서 대표님은 지금부터 마진건설을 이어 가시면서 그 내부의 적폐를 청산하실 예정입니다. 기한은 3년 계약이며, 그 성과에 따라 연장이 결정됩니다."

"지금 장난하십니까?"

"장난이 아닙니다. 계약이라는 게 그런 거죠."

노형진은 그가 느끼는 기분을 알 것 같았다.

'그래, 당황스럽겠지.'

추용서는 분명 배신을 했다.

그래서 자신들의 무리에서 쫓겨났다.

그런데 그가 다시 돌아왔다.

그것도 '상관'이 되어서.

'지난 며칠간 증거 없애느라고 바빴겠지.'

하지만 그 모든 게 소용이 없어졌다.

추용서는 그들과 함께 작전을 짰던 사람이며, 그와 관련된 모든 일을 알고 있는 사람이다.

"추용서 대표님의 증언에 따르면 일부 임원들이 회사의 자산을 절취하기 위해 내부에서 작전을 짜고 있다고 합니다. 물론 백조수 사장님이 그러시진 않았을 거라 생각합니다만, 그래도 만일에 대비해서 내부에 대한 철저한 단속이 이루어져야 한다고 생각해서 내부 고발자이신 추용서 님을 전문 경영인으로 모신 것입니다."

"그게 가능합니까! 그는 배신자입니다! 허위 채권에 도장을 찍어서 유가족을 속이려고 했던 놈이란 말입니다!"

"그 부분에 대해 추용서 대표님은 반성하고 계십니다. 헛된 욕심에 그랬다는 사실을 인정하시고, 그 부분에 관해서 보답을 하시겠다고 저희를 찾아오셨습니다."

포장이야 그럴듯하게 했지만 결국 한 번 배신한 사람이 또다시 배신한 것뿐이다.

'이런 개자식.'

백조수 일파가 눈에서 불을 뿜자 추용서 역시 눈빛으로 맞받아쳤다.

'내가 그냥 그렇게 쉽게 죽을 줄 알았나?'

물론 노형진이 먼저 접근한 건 사실이나 추용서는 그걸 받아들였다.

'그래, 싸워라. 더 싸워. 후후후.'

노형진이 추용서를 용서한 이유는 간단하다.

그는 관련자가 누군지, 어떤 증거가 있는지 다 아는 사람이다.

증거야 백조수 일파가 다 없앴다고 해도 사람까지 없앨 수는 없다.

'그리고 그들은 누가 이겼는지 알겠지.'

배신을 한 내부자가 내부 정보를 들고 감찰관으로 돌아왔다.

그게 안 걸릴 수가 없다.

'이사진이야 그렇다고 쳐도 직원들은 어떻게 생각할까?'

그들도 바보는 아니다.

자신이 이사진을 도와줘도 자신들에게 남는 것은 없다는 걸 안다.

도리어 직장을 잃게 될 가능성이 높고, 문제가 되면 그 죄를 뒤집어쓸 가능성이 크다는 것도 안다.

하지만 상부가 모조리 그들로 묶여 있기에 저항할 수가 없었던 것이다.

'그러나 이젠 상황이 변했지.'

유가족들이 상황을 알고 적폐 청산을 위해 내부 배신자를 보냈다.

이게 뜻하는 건 두 가지다.

첫째, 이미 모든 것을 알고 있다.

둘째, 자수하면 광명을 찾을 수 있다.

이미 한번 배신했던 추용서를 용서해 준 그들이다.

당연히 일반 직원들은 어떻게 해서든 자리를 지키려고 할 것이다.

욕심을 부린 임원진과 다르게 그들에게는 회사 자체가 생계의 수단이니까.

'기분이야 나쁘지만.'

하지만 그 두 가지가 맞아떨어지면 아무리 백조수가 증거를 없앴다고 해도 증언은 나올 수밖에 없다.

"그럼 새로 취임하신 추용서 대표님의 말씀이 있겠습니다."

"후우."

추용서는 앞에 서서 사람들을 바라보았다.

전화위복이라고 할 수 있을는지 모르겠지만, 노형진이 요구한 건 자신에게 방패이자 창이 되라고 하는 것이었다.

말 그대로 미끼.

'그래, 기꺼이 해 주지.'

3년이라는 시간을 채울 수 있다면, 그래서 조용히 다른 곳으로 이직할 수 있다면 기꺼이 그는 욕먹을 각오가 되어 있다.

차라리 이런 상황이라면 전문 경영인으로 회사를 정상화했다는 타이틀이 그에게는 이득이라는 것을 그도 알기에 선택한 길이다.

"길게 이야기하지 않겠습니다. 바로 고발에 들어가겠습니다."

"저, 저, 저 개자식이!"

"너 이 새끼!"

"지금 뭐 하는 짓거리야!"

몇몇 사람들이 언성을 높였다.

하지만 노형진의 말에 다들 입을 꾸욱 다물었다.

"왜 화를 내십니까, 고발을 진행하면 안 되는 일이라도 있는 분들처럼?"

"……."

이것이 법이다

맞는 말이다.

여기서 언성을 높여 봐야 도리어 '나는 뭐 켕기는 게 있습니다.'라고 인정하는 꼴이다.

"물론 혐의도 없이 고발하지는 않겠습니다. 하지만 고발을 진행하는 데 있어서 증거를 모을 필요는 있다고 생각합니다. 그런 의미에서 직원들과의 개인 면담을 시작하겠습니다."

잠깐 침묵을 지킨 추용서는 히죽 웃었다.

노형진이 말해 준 내용. 그건 저들의 약점이었다.

"지동서 과장을 부장으로 승진시킵니다."

"어억!"

"그리고 첫 번째 상담은 그 사람부터입니다."

다른 이사들과 부장들의 얼굴이 사색이 되었다.

노형진은 그들을 보면서 빙그레 웃을 뿐이었다.

⚖

"도대체 왜 승진시킨 건지 모르겠네요. 그냥 불러서 상담해도 되는데 과장급들을 모조리 부장으로 승진시키고 나서 상담을 한다는 게 이해가 안 가요."

고연미는 고개를 갸웃했다.

상담 자체는 그다지 특이한 게 아니다.

그런데 노형진은 과장급을 모조리 부장급으로 승진시키고

난 후에 면담을 하도록 하게 했다.

그 결과 마진건설은 과장급이 전혀 없고 부장급이 넘쳐 나는 괴상한 구조가 되어 버렸다.

"아, 그거요? 일종의 협상술이죠."

"협상술요?"

"네. 부장은 공식적으로 신분이 다르거든요."

"신분이 다르다는 게 무슨 의미죠?"

고개를 갸웃하는 고연미.

하긴, 그녀는 아이돌을 하다가 바로 변호사가 되었으니 사회생활 경험이 없다.

그래서 회사의 직급에 대해 잘 알지 못하는 것이다.

"일단 과장급까지는 노동자로 분류됩니다. 무슨 의미냐면, 만일 해직하고 싶어도 그를 해직하는 것은 노동법을 거쳐야 한다는 거죠. 그에 반해 부장은 아닙니다."

물론 모든 회사가 다 그런 것은 아니다.

부장급이라고 해도 근로자로 취급하는 회사는 많다.

하지만 계약서상의 내부 기준으로 보면, 마진건설에서 부장급은 근로자가 아닌 사용자다.

부장급이 되면 외부에서 스스로 활동해서 공사를 따 오는 대신에 그에 따른 인센티브를 지급하는 형태로, 사용자로서 계약되는 것이다.

"그리고 사용자는 근로기준법의 보호 대상이 아니지요."

즉, 부장으로 승진하는 순간 그들은 근로기준법의 보호를 받지 못하게 된다는 뜻이다.

그리고 그 경우 해직이 훨씬 쉬워진다.

"그래서 대기업의 경우는 해직을 위해 승진시키는 경우도 많아요."

"승진을 위한 해직요?"

"네, 모 기업의 경우는 사용자가 이사급부터죠."

그래서 그 회사에서는 부장에서 이사로 승진하는 경우는 크게 두 가지다.

하나는 진짜 일 잘해서 하는 승진, 나머지 하나는 적당히 시간 지나면 해직시키기 위한 승진.

"후자가 아무래도 저항이 덜하거든요."

일단 해직당하는 사람 입장에서도 대기업 이사 출신이라는 타이틀이 있어서 취업이 편한 데다가, 부장급일 때보다 월급이 더 많기 때문에 어차피 잘릴 거 한 푼이라도 더 챙겨서 나갈 수 있어서 곱게 나가게 된다는 것이다.

"그거랑 마찬가지죠."

"아아."

일단 부장이 되었으니 노조의 보호나 근로자로서의 보호는 받을 수가 없는 상황이 된 자들.

그들이 비밀을 감추려고 한다고 하면 가차 없이 자를 수 있다.

"다른 이유는 계급의 정체 때문이지요."

"계급의 정체요?"

"네, 지금 부장이 넘쳐 납니다. 그들의 눈앞에는 현재 선택지가 있는 셈이지요. 위로 올라가느냐, 아니면 아래로 내려가느냐."

그리고 위로 올라가는 방법은 하나뿐이다.

위에 빈자리가 생기는 것.

"아하! 그러네요! 빈자리가 생기면 자기가 올라갈 수 있을 테니까."

"그렇습니다."

당연히 적극적으로 고발을 진행할 것이다.

반대로 제대로 고발을 하지 않거나 하면 강등되거나 해직당할 수도 있다.

결국 철저하게 저들을 배신하고 유가족들의 편이 되어서 증언을 한 사람들만이 이사가 되거나 부장 자리를 지키게 될 것이다.

"하지만 그 사람이 진실을 말하는 건지 어떻게 알아요?"

"과장 자리가 비어 있잖아요? 거기도 채워야 하니까."

"아아."

과장 자리가 비어 있다.

그리고 누군가는 승진해서 거기를 채워야 한다.

당연히 아래에서는, 승진했던 사람이 다시 강등되어 내려오는 걸 바라지 않는다.

"결국 회사라는 시스템은 누군가 시키는 대로 하는 구조거든요."

당연히 그 증언을 누군가는 할 것이다.

그리고 그 증언에 따라 가치가 없는 부장급들은 모조리 잘라 버리면 그만이다.

"여기서 재미있는 건 강등이죠."

부장급에서 과장급으로 다시 강등이 되어서 돌아간 사람이 있다면, 과연 그 사람이 회사 내부에서 편하게 일할 수 있을까?

"자존심도 상하겠지만, 승진한 과장급들이 있지요. 구조상 그들은 친유가족 파가 될 수밖에 없고요."

"왕따시키겠군요."

"나갈 수밖에 없죠."

끝까지 배신자로 남고자 한다면 결국 나갈 수밖에 없다.

유가족에게 사실을 말하고 증거를 넘긴 사람들은 승진했을 테니까.

"치밀하시네요. 갑자기 왜 부장급으로 모조리 승진시킨 건지 이해가 가지 않았는데."

"잠깐 월급은 많아지겠지만, 그것도 함정입니다."

더 많은 돈을 받았던 사람들이 과연 그걸 포기하고 입을 다물까?

조금만 더 하면 이사급이 눈에 들어오는데?

"결국 배신자들이 넘쳐 날 겁니다."

배신자들에 대한 배신.

그리고 그럴수록 백조수는 코너에 몰릴 수밖에 없을 것이다.

"그리고 그때가 기회가 될 겁니다, 후후후."

⚖️

"이거 어떻게든 해야 합니다."

백조수 일파는 입안이 바짝바짝 말랐다.

과장급은 자신들이 일을 처리할 때 가장 많이 써먹은 사람들인데, 그들이 지금 부장급이 되어서 자신들의 치부를 유가족들에게 나불거리고 있었다.

"이미 고발이 몇십 개나 진행 중이라고요!"

한두 개도 아닌 수십 개의 고발이 진행되고 있고 증거도 하나둘 드러나고 있다.

증언뿐만이 아니었다.

증거를 없애라고 했는데 몇몇 놈들이 작정하고 빼돌려 둔 것이 있었던 것.

"젠장!"

백조수는 어이가 없어서 욕이 절로 나왔다.

외부에서 들어오는 사람이라면 자기들이 똘똘 뭉쳐서 눈

을 가릴 수 있다.

하지만 추용서는 내부 사람이었다.

그러니 감출 수도 없다.

"도대체 어떤 미친놈이 이런 생각을 한 거야?"

자신에게 사기를 쳤던 사람을 대표로 선임해서 조사를 시
킨다니, 그로서는 도무지 생각할 수가 없는 선택이었다.

하지만 사실 그런 경우는 많다.

물론 '그 법적 처벌을 받고 나서'라는 조건이 붙기는 하지
만, 미국 같은 경우는 천재적인 사기꾼을 자문으로 불러들여
서 사기꾼들을 잡은 일이 있었다.

미국뿐만 아니라 한국에서도 사제 저격총을 만들었던 사
람을 나중에 관련 기업이 고용해서 저격총을 개발한 적도 있
었다.

실제로 보안을 위해 해커를 고용하는 기업은 많다.

"어쩌죠? 이거 이대로는 다 죽게 생겼습니다."

그들은 부하들이 자신들을 보는 시선을 느끼고 있었다.

먹잇감을 보는 시선.

너는 끝났다며 바라보는 그런 시선.

"지금이라도 이곳을 탈출해야 한다고 생각합니다."

그들은 심각한 얼굴로 말했다.

어차피 고발은 진행될 수밖에 없다.

이미 그들에게 업무는 전혀 오지 않고 있다.

공식적으로는 내부 보고 라인 정리라고 하지만 그게 아니라는 것쯤은 모를 리 없다.

"새로 온 부사장도 문제입니다. 가차 없이 내부를 정리하고 있어요!"

노형진이 보낸 진짜 전문 경영인.

그는 백조수와 그 일파가 만들었던 주먹구구식의 운영 방식을 모조리 정리하면서 그 안에서 그들이 해 먹던 모든 꼼수를 다 찾아내고 있었다.

"이곳에서 우리가 할 수 있는 건 여기까지인 것 같습니다."

백조수는 고개를 끄덕거렸다.

어차피 여기서 버텨 봐야 돌아오는 것은 고발뿐이고 그럴수록 자신들만 비참해진다.

"그만둡시다."

"그래요, 그만둡시다."

그들은 마음을 단단하게 먹고 고개를 끄덕거렸다.

⚖️

"사표를 냈다고요?"

-네.

부사장의 보고에 노형진은 고개를 끄덕거렸다.

"하여간 우리나라는 사표가 무슨 면죄부인 줄 알아요. 알겠습니다. 그 부분은 저희가 알아서 하도록 하지요."

노형진은 혀를 끌끌 차면서 전화를 끊었다.

그리고 옆에 있던 고연미 역시 혀를 끌끌 찼다.

"진짜로 사표를 썼네요."

"뭐, 뻔한 거 아닙니까?"

그만두고 나가면 어쩔 거냐는 식의 생각.

실제로 많은 기업들이 사표를 쓰고 나가면 더 이상 문제 삼지 않는 경우가 많기 때문에 일단 문제가 생기면 사표를 쓰고 나가는 사람들이 적지 않다.

"그런데 그것도 이쪽에서 예상하고 있다는 거 알까요?"

"알면 나가겠습니까? 아니, 알아도 나갈 수밖에 없겠네요."

회사에서 사람 취급도 안 해 주니 자존심 상해서 나갈 수밖에 없을 것이다.

"그런데 노 변호사님의 말씀대로 그들이 갈 곳이 그곳일까요?"

"그곳일 수밖에 없지요."

노형진은 서류를 넘겨서 몇 개의 기록을 살폈다.

백조수는 자신이 사장으로 있는 동안에 몇 개의 공사를 포기했다. 그리고 그 공사는 다른 곳에서 가져갔다.

"상식적으로 하청을 받아서 하는 기업이 공사를 포기한다는 건 말이 안 되죠."

"그런데 왜 포기한 걸까요?"

"뻔하지 않습니까? 어차피 망할 테니까요."

일단 공사를 포기하면 단기적으로는 보유 현금이 늘어난다.

들어가는 돈이 없어지니까.

그 말은 자기들이 해 먹을 돈이 많아진다는 뜻이다.

그리고 그렇게 공사를 넘겨받은 곳은 백조수와 일종의 은밀한 협약을 맺게 된다.

"어차피 망하는 회사입니다. 오래 있을 곳이 아니라고 생각했겠죠."

당연히 다른 직장을 알아보려고 했을 것이다.

그리고 슬쩍 공사를 넘겨주는 조건으로 자신이 좋은 조건으로 그곳에 가려고 했을 것이다.

"나중에 망하고 나서 그걸 항의해 봐야 방법이 없지요."

그 차이는 어마어마하다.

회사가 망하고 사라지면 소송을 해 봐야 이기기도 힘들 뿐만 아니라, 설사 이긴다고 해도 이미 회사는 망했기 때문에 사실상 실익이 별로 없다.

하지만 아직 회사가 살아 있다면 이야기는 달라진다.

"우리가 그들이 나가기를 기다렸다는 걸 그들은 모를 겁니다."

노형진은 거기에 적혀 있는 기업들의 이름을 보면서 미소 지었다.

"그리고 그게 무슨 의미인지 그들도 몰랐을 테고요, 후후후."

아니나 다를까, 백조수와 그 일파는 약속된 다른 기업들로 들어갔다.

그리고 그곳에서 자리를 잡으려고 했다.

하지만 그들이 생각하지 못한 것이 있었다.

"뭐라고요?"

업무상 배임으로 인한 소송과 부정경쟁방지법 위반으로 인한 소송 및 손해배상, 그게 백조수 일파의 새 회사로 들어 왔던 것이다.

좋은 게 좋은 거라고 생각하던 사장들은 뜻밖의 상황에 당황했다.

"아니, 우리가 뭘 했다고요?"

"백조수를 고용하셨잖아요."

"그래서요?"

"백조수가 대표이던 시절에 그들은 고의적으로 공사를 포기했습니다. 그리고 그걸 여러분들이 넘겨받았지요. 안 그런가요?"

"그건 그런데……."

"그 말은, 이직을 조건으로 저희 기업에 고의적으로 타격을 입힌 거 아닙니까?"

사장들은 말문이 막혔다.

"아닌가요?"

"아니, 그건 오해라고 생각합니다."

"오해인지는 재판을 해 봐야 알겠지요. 안 그런가요?"

눈을 데굴데굴 굴리는 사람들.

'그래, 이건 생각 못 했겠지.'

아마 백조수 일파는 회사가 망하면 옮겨 갈 생각을 했을 것이다.

그건 문제가 안 된다.

하지만 대표나 이사진이 고의로 회사의 이익을 다른 곳에 넘기고 그곳으로 이직하는 것은, 명백한 산업스파이 행위이며 부정경쟁방지법 위반이다.

"어어……."

단순히 사건의 시기의 문제이기는 하지만 백조수와 그 일당은 사표를 내고 다른 기업, 즉 공사를 넘겨주고 그 대신 받아 주기로 이야기가 되어 있던 곳으로 넘어갔다.

'멍청하긴.'

만일 회사가 망하고 난 후에 넘어갔다면 문제가 되지도 않았을 것이다.

망했으니까.

관련 기업으로 이직하는 데 아무런 문제가 없으니까.

하지만 이미 그들이 저지른 죄가 있고 그 때문에 그들은 결과적으로 회사에 피해를 입힌 셈이다.

"정식으로 손해배상 청구와 압류를 진행하겠습니다."

사장들은 얼굴이 사색이 되었다.

"안 됩니다!"

"그래요? 하지만 저기에는 다르게 적혀 있는 것 같은데요?"

노형진은 힐끔 벽을 바라보았다.

그 회사 사장이 좋아하는 명언이 걸려 있었다.

안되면 되게 하라.

"안되면 되게 해야지요. 그러니까 압류합니다."

"그러면 우리는 망합니다!"

당장 계좌를 압류하면 공사비가 막힌다.

아니, 노형진의 과거 기록에 따르면 그는 공사비만 압류하는 게 아니다.

공사 현장에 쓰는 장비도 압류할 것이다.

돈이 있어도 공사를 못 하게 된다는 소리다.

"아마 본청에서 아주 좋아할 겁니다."

하청을 하는 기업이 제대로 공사를 못 하게 되면 본청에서 나가는 돈은 점점 더 많아진다.

그런데 공사비가 늘어나는 것을 좋아하는 본청은 없다.

당연히 그들은 하청 계약을 해지하고 다른 곳에 하청을 줄 것이다.

"그리고 저는 그걸 따 올 자신이 있지요."

노형진은 싱글거리며 웃었다.

빼앗겼던 공사를 찾아올 수 있게 되는 것이다.

"물론 다른 공사도 포기하셔야지요."

노형진은 슬쩍 소장을 내밀었다.

그걸 본 회사 사장들은 얼굴이 사색이 되었다.

압류 대상이 계좌가 아니었다.

역시나 각 지역에 있는 공사 현장의 공사 장비였다.

그 말은 하청으로 진행하는 모든 공사들이 중단되며, 수십 건의 계약이 해지될 수밖에 없다는 소리다.

"그리고 본인들의 범죄행위로 인해 원청의 공사가 멈춰진 거니 그에 대한 배상도 하셔야 하는 거 아시지요?"

노형진은 느긋하게 말했다.

그에 대한 배상을 해 주고 나면 하청 회사 중 버틸 수 있는 곳은 없다.

"제발…… 제발, 뭐든 하겠습니다."

사장단은 노형진에게 매달렸다.

하청 욕심에 거래를 받아들인 것이 사실이기에 벗어날 길도 없다.

"진짜요?"

"제발요. 이 조건대로라면 저희는 망합니다."

"어차피 마진건설을 망하게 하려고 한 거 아닙니까? 안 그런가요? 그런데 저희가 왜 여러분들의 사정을 봐줘야 하는 거지요?"

"그건……."

아무런 말도 하지 못하는 사장들.

물론 욕심이 나기는 했다.

공사를 받아서 돈도 벌 수 있고, 또 마진건설은 제법 건실한 기업이다.

즉, 경쟁 상대라는 거다.

그들이 사라지면 더 많은 돈을 벌 수 있을 거라 생각했다.

"저희가 봐줘야 하는 이유를 한번 말씀해 보세요."

"잘못했습니다. 한 번만……."

"공사와 관련해서 잘못하신 거 인정하시죠?"

"네, 인정하겠습니다. 그러니까 한 번만 용서를……."

"그러면 합의를 해 볼까요?"

노형진은 다른 종이를 꺼내 들었다.

"자, 그러면 협상 한번 해 봅시다, 후후후."

⚖️

협상 자체는 잘 이루어졌다.

노형진이 어차피 망할 거면 당신들도 함께 물고 망하겠다고 덤볐기에, 그들은 어쩔 수 없이 합의에 끌려 들어갈 수밖에 없었다.

"합의 조건으로 해당 공사의 순수익의 40%를 받기로 했습니다. 그런 공사가 열 개가 넘으니까 그들 때문에 입은 피해를 복구하기에는 충분할 겁니다."

그들도 그 정도 선에서는 인정할 수밖에 없었다.

다 빼앗아 가는 것도 아니고 순수익의 40% 정도면 그들에게도 충분히 수익이 남기기 때문이다.

"그 대신에 그곳으로 갔던 백조수 일파는 붕 뜬 거죠."

백조수와 다른 녀석들은 결국 해직당했다.

그들은 억울했지만, 범죄를 저지른 게 사실이고 그걸 감추고 이직한 이상 회사에는 고용의 의무가 없다는 것이 그들의 주장이었다.

틀린 말도 아니었고 말이다.

"고마워요. 저희는 이런 것도 모르고……."

조미혜의 눈에는 눈물이 가득했다.

남편이 남긴 회사를 자신도 모르는 사이에 그대로 털릴 뻔했다.

"하지만 장기적인 플랜은 짜셔야 합니다. 전에 말씀드렸다시피 최선은 전문 경영인 체제를 유지하는 겁니다."

"안 그래도 그러려고요."

추용서가 물러나면 바로 전문 경영인에게 맡길 예정이라고 했다.

어차피 지금도 추용서는 바지 사장이다.

오로지 복수 하나만을 위해 선발했으니까.

그는 지금도 관련자들을 악착같이 털어 내고 있었다.

"감사합니다. 덕분에 저희가 살았어요."

"그래도 다행입니다."

"다행요?"

"너무 욕심이 과한 분들이 계시거든요."

능력이 안되는데 사업을 물려받아서 이어 가겠다고 하는 경우 그 기업은 망한다.

자신의 능력을 안다면, 포기해야 할 때는 포기해야 한다.

"그러면 다음번에도 저희 새론의 경영 지원 시스템 이용 잘 부탁드립니다."

"당연하지요."

조미혜는 몇 번이나 감사하다는 인사를 건네며 돌아갔다.

그때 바깥에 있던 고연미가 서류를 가지고 들어왔다.

"그 사람들, 어떻게 되었어요?"

"방금 연락 왔어요, 구속되었다고."

백조수와 그 일파.

그들은 결국 구속을 피할 수가 없었다.

그들은 본인들의 이득을 위해 움직였지만 결국 그게 자기 목숨 줄을 틀어막게 된 것이다.

"그나저나 전문 경영 지원 시스템이라……. 그게 잘될까요?"

"글쎄요? 모르지요."

노형진은 어깨를 으쓱했다.

전문 경영인을 보내 주겠다는 계획.

그게 잘될지는 사실 알 수가 없다.

대부분의 사람들은 기업을 자식이나 핏줄에게 넘겨주기를 원하니까.

"하지만 그래도 없는 것보다는 나은 거 아닙니까?"

"그건 그렇지요. 누군가는 진지하게 생각해 볼 만한 일이니까."

"우리는 거기에 맞춰서 준비만 하면 됩니다."

자신들이 준비한 대로, 세상은 바뀔 것이다.

"그게 아주 작은 한 걸음부터 시작된다고 하더라도 말이지요."

노형진은 자신 있게 말했다.

"그리고 제가 뭔가를 바꾸는 건 아주 잘하거든요, 후후후."

알아서 기다가 알아서 무덤 판다

"미국요? 아니, 우리나라 미결 사건도 힘들어 죽겠는데 웬 미국요?"

노형진은 당황했다.

그러나 송정한은 더 곤혹스러워 보였다.

"자네가 미국에서 몇 건 미결 사건을 해결하지 않았나? 그 게 소문이 난 모양이야."

"그렇다고 저를 미국까지 부른다고요?"

"그래."

"그건 좀 무리이지 싶은데요?"

아무리 노형진이 유명하다고 하지만 일단은 미국 변호사 자격증도 없는 사람이다.

그래서 미국 사건은 언제나 엠버를 대동해서 해결했다.

"엠버 양을 대동해서 같이하면 어떨까 싶어."

"그거야 그렇다고 치고, 도대체 왜 그 연락이 저도 아닌 송 대표님한테 온 겁니까?"

노형진은 그 부분이 이해가 가지 않았다.

자신에게 부탁이 정식으로 들어온 것도 아니고, 송정한에게 먼저 들어오다니?

물론 그가 새론의 대표인 만큼 가능할 수도 있다.

하지만 그렇다고 해도 이해가 안 가는 것은 마찬가지다.

"정부의 부탁이라고 하지 않았나?"

"그러니까요. 왜 미국의 미결 사건에 한국 정부가 관심을 가지는 건지 이해가 안 갑니다."

노형진은 눈을 찌푸렸다.

"아직 사건이 안 들어가서 잘 모르나 보군."

"네."

"루이 에덤스에 관련된 사건이야."

"루이 에덤스요? 그게 누군데요?"

노형진은 모르는 이름이다.

아니, 정확하게 말하면 누군지는 안다.

다만 연관을 하지 못했을 뿐.

"자네도 아는 사람일 걸세. 통상 장관 루이 에덤스 말일세."

"네? 다른 사람도 아닌 장관 사건이라고요? 그걸 왜 저한테 부탁하는 겁니까?"

통상 장관급이면 미국에서도 국가 집단이 달라붙어 해결해 주려 할 것이다.

그런데 왜 하필 노형진이란 말인가?

"거기에다 왜 우리나라에서 그 사람 사건을 신경 써요?"

"그게 말일세, 정치적인 문제가 있네."

"정치적인?"

"국가 기밀이라서 자세하게 말은 못 하지만 말이지. 우리나라에서 급하게 필요한 게 있는데, 그게 수출금지품목이야."

"큭."

거기까지 들어 보니 대충 상황이 이해가 갔다.

뭔가 필요해서 사고 싶은데 그게 미국에서는 수출금지품목이다.

그리고 그걸 풀기 위해서는 통상 장관이 허가를 해 줘야 한다.

"반대파인 모양이군요."

"그래. 우리는 어떻게 해서든 그걸 수입하려고 하는 거고."

노형진은 머리를 긁적거렸다.

대충 상황은 이해가 간다.

하지만 여전히 이해가 안 가는 게 있다.

"그런 사건은 미국 내에서도 해결 못 합니까?"

"해결 못 했네. 미국이 치안이 좋은 나라는 아니지 않나? 거기에다 오래된 사건이고."

"오래된 사건요?"

"벌써 30년이 넘은 사건이야."

"아니, 그걸 저보고 어떻게 하라고……."

한국처럼 CCTV가 많은 것도 아니고 치안이 좋은 것도 아니다.

거기에다 30년도 더 된 사건이다.

아마 통상 장관의 부탁으로 FBI가 나섰다 해도 해결하지 못한 일일 가능성이 높다.

"도대체 무슨 사건인데요?"

"실종 사건일세."

"실종 사건요?"

"그래. 누나의 실종 사건이야."

"누나라고 하면?"

"루이 에덤스는 자수성가 타입이야."

미국에는 생각보다 자수성가 타입이 많다.

그래서 더 강한 나라일지도 모른다.

"어릴 때 집안이 가난했다고 하더군."

"그래서요? 그래서 집 나갔대요?"

"그게 아닐세."

"그러면요?"

"자세한 이야기는 잘 모르지만, 누나가 어려서 배우를 한다고 가출한 모양이야."

"그래서 찾아 달라?"

돈을 번다고 가출을 했다.

그리고 주기적으로 큰돈을 보내 줬다.

그 돈으로 루이 에덤스는 공부를 하고 대학을 갈 수 있었다.

"배우가 된 건가요?"

그럼 더 말이 안 된다.

배우가 실종되었는데 아무 움직임이 없을 리 없다.

"그게 말이지, 자세한 이야기는 없는데, 주소지가 플로리다였다고 하더군."

"플로리다요? 그거랑 배우랑 무슨 관계가 있다고요? 아…… 잠깐만요. 끄응, 설마…….."

"그래, 자네 예상이 맞을 거야."

플로리다. 미국 포르노 산업의 중심.

매년 수많은 사람들이 배우의 꿈을 가지고 오지만 사기를 당해서 포르노 배우로 전락하는 곳.

"끄응…… 미쳤습니까?"

누나를 찾는다는 것. 그건 좋다.

그런데 단어의 선택이 의심쩍다.

"그런데 어휘 선택이 좀 애매한데요. 자세한 이야기는 모르지만, 자세한 이야기는 없는데, 제 예상이 맞을 거라는 말투까지. 설마 루이 에덤스는 이에 대해 모르는 겁니까?"

"그래."

"미쳤군요."

노형진은 부들부들 떨었다.

"그러니까 정부에서는 어떻게든 돌파구를 찾고 싶어서 그 뒤를 캐다가 이 사건이 나왔는데, 이거 해결해 주면 빚 하나 지게 하는 거라고 생각한다는 거네요. 그런데 정작 루이 에덤스는 그런 걸 전혀 모르고?"

노형진의 추측에 씁쓸하게 웃는 송정한.

그리고 노형진은 진짜로 윗대가리의 무능함에 치를 떨었다.

'아래에서 알아서 다 기어 주니까 그게 다 좋은 줄 아는 건가?'

상황을 봐서는, 그의 누나는 플로리다에서 포르노 배우가 되었을 가능성이 높다.

지금이야 인터넷에 포르노가 넘치니 이름이나 얼굴만 봐도 알겠지만, 그때는 그런 게 없이 오로지 비디오테이프로 돌아가던 시절이었으니 찾는 게 쉽지는 않았을 것이다.

그리고 그 돈으로 동생을 학교에 다니게 했다.

"그런데 그게 무조건 애틋한 일이라고 생각한답니까? 병신 아니에요?"

애틋한 사연일 수도 있지만, 반대로 루이 에덤스 입장에서는 추문이라고 생각할 수도 있다.

아니, 노형진이 아는 미국인의 성향을 생각하면 판매 동의 는커녕 길길이 날뛰면서 한국이라는 나라에 극단적 적대감 을 표출하게 될 것이다.

미국인들은 타인이 개인의 과거를 캐고 다니는 것을 극도 로 혐오하기 때문이다.

개인적인 삶을 추구하는 그들에게 있어서 과거를 캔다는 것 은 아무리 의미가 좋아도 자기랑 싸우자는 소리밖에 안 된다.

"거기에다 좋은 과거도 아니고 상당히 더러울 수밖에 없는 사건인데요? 그걸 동의도 없이 해결한 다음에 '짜잔! 해결했 습니다! 우리 좀 예쁘게 봐주세요!' 그런다고요?"

"하하하하."

"미쳤네요."

미쳤다. 단단히 미쳤다.

최소한 미국에 대한 최소한의 상식이라도 있는 인간들이 라면 이런 멍청한 소리는 하지 않을 것이다.

'한국에서야 알아서 기는 게 당연하니까 그러겠지.'

하지만 미국은 아니다.

알아서 긴다고 상관의 뒷조사를 했다가는, 그날로 모가지 날아가는 정도로 끝나지 않는다.

"역시 무리겠지?"

"역시 무리 정도가 아니라, 미국이랑 통상 분쟁하고 싶으 면 절 부르라고 하세요."

더군다나 의뢰도 없이 그걸 한다는 것은 미친 짓이다.

"절대 안 합니다. 절대!"

노형진은 단호하게 선을 그었다.

그는 이 정도 말했으면 당연하게도 이런 멍청한 계획을 포기할 줄 알았다.

하지만 외교부의 무능은 노형진의 상상을 초월했다.

얼마 후 다급하게 새론으로 찾아온 송정한은 노형진의 사무실로 들어오더니 문을 닫고 블라인드를 내리고는 한숨을 푹 쉬었다.

"무슨 일이십니까?"

"큰일 났네."

"네? 큰일이라니요?"

"주미 한국 대사가 초대형 폭탄을 터트렸어."

"네? 그게 무슨 말입니까?"

그게 무슨 말인지, 그리고 왜 그것 때문에 자신을 찾아왔는지 순간 이해하지 못했던 노형진은 문득 등골이 싸늘해졌다.

얼마 전 송정한이 했던 말이 기억났던 것이다.

이번에 주미 한국 대사로 간 사람은 전형적인 낙하산이며, 현 대통령의 최측근이고 알아서 잘 기는 인간이라는 것도.

"설마?"

"루이 에덤스를 찾아가서 이런 사건이 있다는 걸 안다, 우리가 해결해 주겠다, 그러니 의뢰를 해 달라고 한 모양이야."

"미쳤습니까!"

이건 대놓고 '대한민국 정부가 당신의 뒤를 캐고 스파이 짓을 했습니다.'라고 자인한 꼴이다.

"안 한다고 했잖습니까!"

"말을 전했네. 전했는데 말이지…… 그게 미국 대사관으로 넘어가기도 전에, 자네가 당연히 받아들일 거라 생각하고 루이 에덤스에게 갔다고 하더군."

"미친……."

노형진은 대충 상황이 이해가 갔다.

자기 딴에는 꼴랑 변호사 찌꺼래기 새끼가 국가의 말을 정면으로 거부할 거라고는 상상도 못 했을 것이다.

"지금 루이 에덤스가 미 정부에 한국 정부를 스파이 혐의로 제소한다고 난리도 아닐세."

"뭔 멍청한 짓을 국가 단위로 한답니까?"

미국인에 대해 최소한의 이해도 하지 못하는 자를 대사관에 보내 놨으니 어찌 보면 당연한 상황이 벌어진 것일 수도 있다.

'하긴, 대통령 순방하는데 따라가서 성추행하는 놈이 있는 나라에 뭘 기대해.'

노형진은 얼굴을 사정없이 찡그렸다.

"루이 에덤스는 지금 한국에 엄청나게 적대적이야. 한국 대사관에 미국 정부 차원에서 깊은 유감을 표명했고."

한 나라의 유감 표명은 개인의 유감 표명과 전혀 다르다.

개인의 유감 표명은 그냥 말 그대로 '좀 기분이 나쁘다.' 또는 '미안하게 생각한다.' 정도이지만, 국가 단위의 유감 표명은 '나는 너한테 확실하게 불이익을 주겠다.'는 의미다.

좀 더 확실하게 표현하자면 '너 이 새끼 마음에 안 들어.'랄까?

다른 곳도 아닌 미국이 한국에 불이익을 준다고 하면 대한민국 정부는 비명을 지르고 난리도 아닐 것이다.

"그래서 그러는데 말이지."

"조까라 그래요. 안 합니다. 이 상황에서 뭘 어쩌라고요? 제가 가서 다리에 매달리기라도 할까요?"

"그런다고 바뀌지는 않을 것 같기는 하네만."

송정한은 길게 한숨을 내쉬었다.

"솔직히 정부도 방법이 없으니까 나한테 가서 자네랑 이야기해 보라고 하는데 말이지."

노형진은 그 말에 코웃음을 쳤다.

요구하는 게 뭔지 대충 알 것 같았다.

자신이 직접 가서 능력을 어필하고 그를 설득해서 문제를 해결하기를 원하는 것이다.

'내가 무슨 어릿광대인 줄 아나?'

노형진은 절대 그럴 생각이 없었다.

아니, 능력을 잔뜩 어필했다가 해결 못하면?

손해 보는 것은 노형진이다.

'남의 똥 닦는 게 변호사라지만, 하지 말라고 했는데 싸지른 것까지 내가 해결해 줄 의무는 없지.'

노형진은 다시금 확실하게 못을 박았다.

"다시 한번 말하지만 조까라고 전해 주십시오. 제가 무슨 초능력자입니까?"

"일단 초능력자는 맞잖나?"

"아……."

그러고 보니 송정한은 노형진의 능력을 조금은 안다.

"아무리 그래도 이런 걸 해결할 수는 없습니다. 거기에다 30년도 더 된 사건이라고 하셨잖습니까."

"정확하게는 38년 되었네."

"그런데 저보고 해결하라고요?"

심지어 미국의 난다 긴다 하는 정보국도 해결하지 못한 사건을?

"알아서 해결하라고 하세요."

"역시 그렇군."

"제가 거절하는 게 싫으십니까?"

"그건 아닐세."

송정한은 고개를 흔들었다.

어차피 현 정권의 대통령과 사이가 나쁜 민주수호당에 속한 그다.

"다만 우리나라 경제에 악영향을 줄까 봐 걱정인 거지."

"단호하게 말하세요, 좆까라고."

"음…… 거절했다고는 전하겠네."

송정한은 씁쓸하게 웃었다.

노형진은 진짜로 할 생각이 없었다.

진짜로.

'왜 나한테만 자꾸 그러는데?'

그를 찾아온 사람. 주한 미국의 대사관 직원이다.

그는 며칠 전 송정한이 앉아 있던 그 자리에 앉아서 미소를 보이고 있었다.

"안 한다고 했습니다만?"

그가 온 이유. 그건 노형진에게 루이 에덤스의 사건을 맡기기 위해서였다.

"그건 의뢰인이 한국 정부이기 때문 아니었나요?"

"그건 그렇죠."

"하지만 이번에는 한국 정부가 아닙니다."

"그러면 미국 정부의 의뢰라도 된답니까?"

"그럴 리가요. 미 정부는 그런 행동을 하지 않습니다. 공은 공이고 사는 사니까요."

"그런데요?"

"그래서 제가 온 겁니다. 사적으로 말이지요. 퇴근 시간은 지났거든요."

노형진은 힐끗 시계를 보았다.

오후 8시 10분.

명백하게 퇴근 시간은 지났다.

"그 말씀은, 루이 에덤스 씨가 개인적으로 사건을 의뢰하고 싶어 한다는 거군요."

"어떻게 아셨습니까?"

"사적으로라면서요? 공은 공이고 사는 사고."

노형진은 살짝 눈을 찡그리며 말했다.

"그렇다는 것은, 저한테 개인적으로 사건을 의뢰하고 싶다는 말이죠."

자신의 뒤를 국가 단위에서 캐고 도와준다고 설레발치는 것은 그의 입장에서는 기분 나쁜 일일 뿐만 아니라 정치적으로도 상당히 위험한 일이다.

특정 나라의 도움을 받아서 그 나라와 친분이 생긴다는 것은 통상 장관인 루이 에덤스 입장에서는 어마어마한 약점이 되니까.

'그걸 모르고 설레발을 쳤으니.'

노형진은 혀를 끌끌 찼다.

"하지만 한 가족의 입장에서, 그것도 누나의 도움을 받아

지금의 자리에 오를 수 있었던 루이 에덤스 씨의 입장에서는 쉽게 포기할 수가 없는 거죠."

누구인들 그렇지 않겠는가?

아무리 높은 자리에 올라갔다고 해도 결국 사람이다.

"그러면 그 상황에서 가장 좋은 방법은 그걸 해결할 수 있는 사람에게 개인적으로 의뢰하는 거죠."

"정확하게 아시네요. 소문대로입니다."

노형진은 씁쓸하게 웃었다.

아마 의뢰를 하기 전에 이미 노형진에 대해 조사를 했을 것이다.

한국에서 해결한 미결 사건과 미국의 미결 사건들을 보고, 어쩌면 가능성이 있다고 생각했을지도 모른다.

"그래서 개인적으로 의뢰를 하고자 합니다. 저는 그분께 개인적인 부탁을 받아서 온 거구요."

"무슨 뜻인지 알겠습니다."

노형진은 고개를 끄덕거렸다.

"단, 조건이 있습니다."

정부의 의뢰라면 받아들이면 문제가 되지만, 지금 루이 에덤스는 통상 장관이 아니라 개인으로서 의뢰를 하는 거다.

받아들이지 못할 이유가 없다.

"통상에 관한 거라면 안 됩니다."

아마도 지금쯤 루이 에덤스는 한국에 보복을 준비하고 있을 것이다.

그리고 정부는 그걸 막고 싶을 것이고.

'그건 내 알 바 아니지.'

결국 현 정권에서 자초한 것을 노형진이 막아 줄 생각은 없다.

노형진이 원하는 건 다른 거다.

"그런 거 아닙니다. 공은 공이고 사는 사니까요. 저는 사적으로 의뢰를 받았으니 공적인 국가 업무에 대해 조건을 달 처지는 아니죠. 제 조건은 다른 변호사를 대동하고 싶다는 겁니다."

"누구를 말이죠?"

"송정한이라는 저희 대표 변호사님입니다."

노형진은 씩 웃으며 말했다.

⚖

"이거 생각지도 못했는데?"

송정한은 미국으로 향하는 비행기에서 떨떠름하게 말했다.

"아니, 날 왜 데려가나?"

"공은 공이고 사는 사지만 사람이라는 게 감정은 어쩔 수가 없거든요. 개개인이 친해지는 건 국가 간의 문제가 아니죠."

송정한과 함께 가서 사건을 해결한다.

자신은 뒤로 빠지고, 모든 보고와 이야기는 송정한이 한다.

그러면 자연스럽게 송정한이 그와 친해질 수밖에 없다.

"안 그래도 큰 실수로 제대로 빡친 루이 에덤스를 설득하기 위해 노력하는 정부 입장에서는 가장 친한 사람을 써먹을 수밖에 없지요."

"그게 나라는 거군."

"네."

송정한은 정치인이 되기로 마음먹고 그 길로 나섰다.

"그런 거라면 기회가 있을 때 써먹어야지요."

"허허, 자네 진짜 정치 안 할 건가? 자네라면 잘할 수 있을 것 같은데."

"절대로 안 합니다."

노형진은 피식 웃으며 말했다.

"하긴, 한국 정치판에서 미국의 고위 관료와 친하다는 것은 큰 이점이지."

송정한은 고개를 끄덕거렸다.

"새론에도 마찬가지이고요."

송정한이 자리를 잘 잡을수록 새론도 더욱 성장할 가능성이 커진다.

"그런데 해결할 수 있을 것 같은가?"

"그건 모르지요."

노형진은 자료를 넘기며 눈을 찌푸렸다.

상황이 묘하게 꼬이다 보니 공식적으로 자신은 루이 에덤스를 만나지 못한다.

그래서 관련 자료만 넘겨받았다.

"하지만 쉽지 않을 것 같네요."

루이 에덤스의 누나는 분명 포르노 배우가 되었다.

FBI가 관련 필름을 찾아내는 데까지는 성공했다.

하지만 어느 순간 그냥 증발했다.

거기서 모든 정보기관들이 포기할 수밖에 없었다.

"진짜 쉽지 않겠어요."

노형진은 입술을 깨물면서 중얼거렸다.

⚖️

"아이고, 변호사님, 환영합니다."

노형진이 비행기에서 내리자 웃으며 다가오는 두 명의 남자들.

노형진은 그들을 보고 눈을 찌푸렸다.

"누구신지?"

"주미 대한민국 대사관에서 나왔습니다. 변호사님을 전폭적으로 지원하라는 주미 대사님의 말씀이 있으셨습니다."

그중 한 명이 친한 척하면서 먼저 입을 열었다.

"아아아."

노형진은 고개를 끄덕거렸다.

대충 상황이 이해가 갔다.

'다급하다 이거군.'

혼자서 설레발치다가 치명적 통상 압력을 받게 되었으니
그걸 풀어야 한다.

그리고 그 방법은 하나뿐이다.

"그렇다면 말이지요."

노형진은 핸드폰을 꺼내 들었다.

그리고 미소 지으면서 말했다.

"공식적으로 도움을 요청하지요."

"얼마든지요."

"그러면 공식적으로 제가 처음으로 하는 요청은 '꺼져 주
세요.'입니다."

"에?"

노형진의 말에 다들 당황했다.

'그래, 그렇겠지.'

알아서 기는 문화는 저들에게는 일상이다.

그리고 대부분의 대사관 직원들은 자기들이 일반인들보다
높다고 생각한다.

'그러고 보니 그 미친놈 생각나네.'

어떤 9급 공무원이 동사무소에서 근무하게 되었다.

그런데 어떤 사람이 그에게 민원을 넣자 그 공무원이 한

말이, 내가 당신 따위한테 명령 들으려고 시험 봐서 9급 공무원씩이나 하는 줄 아느냐는 말이었다.

'정신이 나간 거지.'

공무원. 말 그대로 공적인 임무를 하는 정부의 직원이다.

경기가 안 좋다 보니 9급 행정직의 경쟁률이 어마어마한 것은 사실이다.

하지만 거기에 합격했다고 해서 그의 신분이 높아진 것은 아니다.

시험은 시험이고 업무는 업무다.

그런데 그는 9급 시험을 합격한 자신이, 합격하지 못한 일반인보다 높다고 생각했던 것이다.

'그리고 외교부는 그런 성향이 아주 강하지.'

한국의 3대 고시라 불리는 행시, 사시, 외시.

행시는 행정 고시이고 사시는 사법 고시. 외시는 외무 고시다.

각각 각 부서의 주요 업무자를 뽑는 일인데, 언제부턴가 그 자리에 뽑힌 인간들은 자신들이 다른 사람들보다 우월하다고 생각한다.

'지금도 그렇고.'

저들은 노형진을 기껏해야 변호사라고 생각하고 있을 것이다.

그러니 이런 식으로 대차게 거절할 거라고는 상상도 못 했을 것이다.

"공식적으로 말씀드릴게요. 꺼져 주세요."

"아니, 지금 그게 무슨 말씀이신지……."

"안 봐도 뻔한 거 아닙니까? 제가 이 사건을 해결하고 사라 에덤스를 찾으면 거기에 수저 올리려고 하는 거 아닌가요?"

그리고 그걸 치적 삼아서 '우리가 이렇게 고생했으니 용서해 주십시오.'라고 하려고 하는 것이 뻔하게 보인다.

"그래도 우리가 해 줄 수 있는 일이 있지 않습니까?"

"그래요? 뭘요?"

"운전이라든가."

"운전하려고 외무 고시 보고 여기까지 오셨어요?"

점점 붉으락푸르락해지는 직원.

하긴, 주미 대사관에 파견될 정도면 엘리트 중의 엘리트일 테니까.

"그리고 저, 국제 면허증 있습니다. 운전할 줄 알아요."

"그럼 다른 행정적 업무라든가……."

노형진은 코웃음을 쳤다.

"아무리 대사관에서 일을 잘한다고 해도 설마 미국 통상 장관보다 내부 행정 업무를 잘할까요?"

그의 전화 한 통이면 모든 게 일사천리다.

"그리고 행정 업무에 주미 대사관이 끼어들면 그거 내정간섭인 거 모르시나 봐요? 시험 어떻게 합격하셨대요?"

"아니, 그게······."

남자의 얼굴은 진짜 붉어졌다.

딱 봐도 애써 화를 참고 있는 모습이다.

하지만 가지는 않는다.

'그래, 주미 대사가 무섭다 이거지.'

화가 나서 그냥 가 버리면 아마 주미 대사가 족칠 것이다. 자신의 잘못을 덮어야 하니까.

"노 변호사, 이렇게까지 해도 되나?"

"됩니다. 저들이 따라다니면서 도와줄 수 있는 건 없습니다."

"그건 그렇지."

"그리고 저들이 섣불리 뒷조사를 해서 도와준다고 설레발 치다가 이 꼴 난 겁니다. 그런데 이 사건을 조사하다가 다른 과거가 나오면 루이 에덤스 씨가 뭐라고 할까요?"

"아! 그렇군."

아무리 과거의 일이라고 하나 자신을 뒷조사한 부분에 대해 보복을 하려고 하는 그가, 대한민국 정부가 이번 사건에 끼는 것을 원할 리 없다.

"여기서는 주미 한국 대사관은 빠져 주는 게 돕는 겁니다."

노형진은 차갑게 말했다.

그러자 직원은 분노해서 더욱 크게 말했다.

"하지만 노 변호사님을 도우라는 것이 주미 한국 대사관님 의 명! 령! 입니다."

명령이라는 말을 굳이 강조하는 남자.

딱 봐도 알아서 기라는 식으로 겁을 준다.

"그래요?"

노형진은 어깨를 으쓱했다.

"여기 미국입니다."

"그래서요?"

"법적인 문제가 없다고 생각하시나요?"

"그게 무슨?"

어리둥절한 표정으로 말하는 남자.

노형진은 손을 번쩍 들고 소리를 질렀다.

"누가 여기 경찰 좀 불러 주세요!"

미국은 테러에 대한 우려가 많은 곳이다.

당연하게도 공항 곳곳에서 대기하던 경찰이 노형진의 부름에 금방 다가왔다.

"무슨 일입니까?"

"저는 한국 변호사입니다. 업무에 관련하여 미국에 왔는데, 의뢰인의 소송 상대가 사람을 보내서 우리를 추적하도록 하고 있습니다."

"그래요?"

미심쩍은 표정이 되는 경찰.

일단 한국 변호사 자격이 미국에서 효과를 발휘하지 못하는 건 둘째 치고, 소송 상대방이 소송 대상의 변호사를 따라

다니는 것은 말도 안 되는 일이기 때문이다.

"아니, 무슨 말입니까!"

"왜요? 내 말이 틀립니까?"

대사관 직원은 입을 쩍 벌렸다.

엄밀하게 따지면 틀린 말은 아니다.

"그리고 저한테 의뢰를 한 분은 루이 에덤스 통상 장관입니다."

"네?"

"장관의 사건을, 사건 상대방이 개인적으로 추적하려고 우리를 겁박하고 있습니다."

경찰의 눈빛이 달라졌다.

방금 전까지만 해도 다른 나라 사람들끼리의 사소한 트러블이라고 생각했는데, 이제 보니 현 자국 장관에 대한 사건 뒷조사가 벌어진 셈이었기 때문이다.

"아니, 그건⋯⋯."

"잠깐, 당신 멈춰요. 그 품 안에 있는 거 뭡니까?"

경찰은 순식간에 손을 총 쪽으로 옮기며 그들을 노려봤다.

"아니, 이건⋯⋯."

대사관 직원의 뒤에 있던 남자의 품이 불룩한 것을 본 경찰은 소리를 높였다.

"이건 지갑일 뿐이고⋯⋯."

"아무리 봐도 지갑 아닌데?"

"권총일 겁니다."

노형진이 피식 웃었다.

"권총?"

"네."

대사관 직원의 뒤에서 아무런 말도 하지 않고 서 있는 남자.

그의 건장한 몸을 보건대 아마도 주미 한국 대사관의 무관일 것이다.

무관이란 경호 등의 업무를 담당하는 사람이다.

당연하게도 총기 자유국인 미국에서 그들이 무장을 하지 않았을 리가 없다.

"우리는 주미 한국 대사관 직원입니다."

다급하게 말하는 남자.

하지만 믿지 않는 경찰들.

"천천히 신분증을 꺼내겠습니다."

결국 자신의 신분증을 꺼내서 증명하는 대사관 직원.

노형진은 그걸 보고 피식 웃었다.

'그럴 거라 생각했다.'

타국에 파견되는 외교관에게는 처벌받지 않을 권리, 즉 면책특권이 있다.

'당연히 여기서 신분증을 꺼내지 않을 수가 없지.'

노형진은 실실 웃었다.

"그래요? 그러니까 대한민국 외교관이 현 통상 장관의 개인적 사건과 치부를 추적하고 있다는 말이네요."

신분증을 받아 들고 곤란한 표정이 되었던 경찰들은 순간 다시 날카로운 표정이 되었다.

"이거 스파이 행위라고 보면 되는 거죠?"

"아니, 그게 아니라……."

스파이 행위라는 말에 사색이 되는 대사관 직원.

안 그래도 외교 마찰이 벌어졌는데 스파이 혐의까지 뒤집어쓰게 되면 아주 곤혹스러운 상황이 벌어질 수밖에 없다.

"두 분, 저희랑 같이 가 주셔야 하겠습니다."

"저희는 외교관입니다! 면책특권이 있어요!"

항변하는 그들에게 노형진은 차분하게 말했다.

"면책특권은 처벌을 면할 권리지 체포를 면할 권리는 아닙니다. 거기에다 현장에서 스파이 행위를 하다가 잡힌 거라면 면책특권의 적용을 고민 좀 해 봐야겠네요."

노형진은 실실 웃으며 말했다.

"이런 경우는 FBI나 CIA에 보고하고 사건을 넘겨야 하는 거 아닌가요?"

"그런 것 같네요."

경찰들은 여전히 권총에 손을 올리고 손가락을 까딱거렸고, 두 사람은 당황한 채로 경찰에게 끌려갔다.

"두 분은?"

"저희 연락처는 여기 있습니다. 루이 에덤스 씨의 의뢰서는 여기 있고요. 저희에 대해서는 루이 에덤스 씨에게 연락하면 확인하실 수 있습니다."

"알겠습니다. 이번 사건과 관련해서 질문이 있을 수 있으니 연락처는 계속 유지하십시오."

"그러지요."

경찰은 그들을 데리고 갔고 송정한은 혀를 끌끌 찼다.

"알아서 기다가 알아서 무덤 파는군."

"그러게 말입니다. 아직도 자기 버릇 못 고쳤네요. 이번 주미 대사가 보은 인사로 날아와 박혔다고 하더니."

"그렇다고 하더군."

아무리 그래도 두 번이나 심각한 외교적 결례를 저질렀으니 바꾸지 않을 수가 없을 것이다.

"이것도 보고가 위에 올라갈 테고."

처벌과 별도로 조사가 이루어질 것이다.

그리고 이런 경우는 루이 에덤스의 신분상 스파이 행위가 될 수밖에 없다.

"멍청하긴."

노형진은 머리를 절레절레 흔들며 바깥으로 나왔다.

"일단은 숙소로 가죠."

"그나저나 괜찮겠나?"

"뭐가 말입니까?"

"그래도 대사관인데."

노형진이 피식 웃었다.

"지금까지 대한민국 대사관에서 우리를 도와준 적 있습니까? 애초에 그 애들이 한국 사람들을 위해 한 게 있던가요?"

"그건 그렇지."

한국 대사관은 한국인을 위해 일하지 않는다는 아이러니.

"괜찮습니다. 자기들이 어쩔 건데요. 제가 이깁니다."

노형진은 이길 자신이 있었다.

"가죠. 그래도 좋은 숙소를 잡아 놨으니 오늘은 푹 쉬고 내일부터 일해야 합니다."

⚖️

하루 쉬고 다음 날, 엠버 브라운은 사건 기록을 가지고 찾아왔다.

그 옆에는 다른 남자가 한 명 있었다.

"남자 친구인가요?"

노형진은 옆에 있는 건장한 흑인을 보고 미심쩍게 웃었다. 엠버가 공과 사를 구분 못 하는 사람은 아니니까.

"그럴 리가요."

엠버는 피식 웃으며 그를 소개시켜 줬다.

"이쪽은 FBI 소속 수사관인 게리 윌리엄이라고 해요. 이쪽은 한국의 변호사인 노형진 변호사님. 이쪽은 송정한 의원님."

"게리 윌리엄스라고 합니다. 게리라고 불러 주십시오. 이번 사건을 담당하고 있습니다."

남자가 살짝 웃자 피부색과 대조적인 새하얀 이가 반짝하고 빛을 냈다.

"네?"

노형진은 살짝 당황했다.

벌써 수십 년 전의 사건이다.

그런데 FBI가 왜 나온단 말인가?

"미국이라고 해도 결국 사람이 사는 곳이니까요."

"아아."

일반인도 아닌 통상 장관이 자신의 누나를 찾는다.

아무리 오래된 사건이라고 하지만 FBI가 '오래된 사건이라 안 됩니다.'라고 하지는 않을 것이다.

'그렇게 된 거로군.'

어쩐지 갑자기 한국 정부에서 먼저 누나를 찾아 주겠다고 설레발친 게 이상하다 싶었다.

'먼저 시작한 건 루이 에덤스인가 보군.'

루이 에덤스가 누나를 찾아 달라고 FBI 국장에게 부탁하자 국장은 조사를 명령했는데, 그걸 어떻게 알아낸 한국 정부는 노형진이 그런 사건을 잘 해결한다는 생각에 자신들이 그 사건을 해결해 주겠다고 설레발을 친 거고⋯⋯.

'미친 거 아냐?'

이 말은 FBI 내부에 한국 정부가 스파이를 심어 뒀다는 의미나 마찬가지다.

이런 부탁을 루이 에덤스가 공문으로 했을 리 없으니 말이다.

결국 FBI에서 그 말이 나왔다는 건데.

'그러니까 이 지경이 되지.'

단순히 '도움을 주겠습니다.'라는 말이지만 이 경우 돌아올 말은 100% '감사합니다.'가 아니라 '그 정보를 어디서 얻었습니까?'라는 질문이다.

그리고 거기에는 대답 못 했고.

"표정을 보니 무슨 생각을 하시는지 알 것 같네요."

게리는 피식 웃으며 말했다.

"안 그래도 안쪽은 좀 시끄럽습니다."

노형진은 혀를 끌끌 찼다.

수십 년 동안 유지해 온 정보 라인이 멍청한 짓 하나에 날아가는 순간이었다.

"그건 그거고 사건은 사건이죠."

"그렇지요. 이야기를 시작해 볼까요?"

바로 사건 이야기로 넘어간 네 사람은 테이블에서 마주 보고 앉았다.

"일단 사건 기록을 보면 최종적으로 사라 에덤스는 플로리다에서 포르노 배우가 된 것으로 확인되었습니다."

"그리고요?"

"그 후에 몇 개의 영상을 촬영했는데, 그중 일부를 찾을 수 있었습니다."

　노형진에게 건네지는 사진.

　아마도 그 영상에서 추출한 캡처본일 것이다.

　"이분이 사라 에덤스군요."

　빨간 머리에 정열적인 얼굴을 가진 사람이다.

　"기록에는 갈색 머리라고 되어 있던데요?"

　"염색한 것으로 추정됩니다. 혹시 원본이 필요하십니까?"

　노형진은 고개를 흔들었다.

　인권의 문제 때문인지 사진은 얼굴만 캡처되어 있었기 때문에 게리가 물어본 것이다.

　"아니요. 상관없습니다. 그 영상을 본다고 해서 위치가 나오는 것도 아니고요. 중요한 건 그분이 어디로 가셨냐는 건데. 나온 게 있나요?"

　"그게 문제입니다. 어느 순간부터 전혀 기록이 없습니다."

　"신용카드나 은행 기록도?"

　"네."

　"그러면 고의적으로 잠수 탄 거라는 거군요."

　이유는 알 수 없지만 그녀는 작정하고 사라진 것이다.

　"그럴 수도 있지만, 다른 누군가에게 빼앗겼을 수도 있지요. 송금이 끊긴 시기와 사라진 시기가 거의 겹칩니다."

　게리는 진지하게 말했다.

하긴, 지금까지 계속 조사를 해 온 사람이니까.

"이 영상의 촬영 장소나 촬영자를 찾았나요?"

"네, 찾았습니다. 하지만 그것도 추적이 불가능하더군요."

촬영 장소는 이미 철거되었고, 촬영 관련자들은 대부분 노쇠하여 죽거나 전혀 기억을 못 하고 있었다.

"현장에서 사건이 있었다는 증거도 없었고요."

촬영 현장에 있는 사람은 한두 명이 아니다.

하나의 산업이 되어 버린 미국의 포르노 산업이기에 촬영장에는 열 명 이상의 사람이 있다.

"그들이 한꺼번에 범죄를 은폐할 가능성은요?"

"그럴 가능성은 없습니다. 최종적으로 계좌가 해지된 시점이 촬영이 다 끝나고 몇 달 후거든요."

즉, 몇 달 후까지 살아 있었다는 거다.

"소속사는 어떻게 되었습니까?"

포르노 배우라고 해도 소속된 곳이 있었을 것이다.

그래야 촬영 기일을 잡을 수 있을 테니까.

"벌써 사라진 지 오래입니다. 운영하던 사람은 죽었고요."

관련 기록도 아무것도 없다.

"으음……."

노형진은 턱을 문질렀다.

쉽게 말해서 관련된 모든 자료가 소실되었다는 건데.

'그러니 추적이 불가능하지.'

더군다나 그 시대에는 CCTV 같은 것도 없었을 것이다.

"FBI 내부에서는 답이 나온 게 있나요?"

"아무래도 살해 쪽을 의심하고 있습니다."

"살해?"

"네, 그 당시 포르노 산업은 범죄와 밀접했으니까요."

일단 돈을 모조리 찾고 난 후에 실종된 것.

그리고 그 후에 아무런 흔적도 없는 것.

그래서 살해라고 생각한다는 것이다.

"어떠한 이유 때문에 살해당했고, 그 범죄를 저지른 범죄 조직이 그녀의 돈을 꺼냈다 이렇게 생각하시는 겁니까?"

"네, 그 당시에는 그런 일이 종종 있었지요. 은행 내부에 사람을 심어 두면 어렵지 않으니까요."

"그건 그러네요."

개인 정보를 확인하기 위한 사진이 있는 것도 아니고 전산 기록이 남아 있는 것도 아니다.

그러니 누군가 그걸 확인하지 않고 꺼낸다고 해도 문제 될 것은 없다.

"결국 문제가 되는 건 피해자가 직접 신고하는 경우뿐인 데……."

"그 피해자가 신고를 하지 못한다면 문제 될 게 없다는 거죠."

엠버도 안타까운 표정으로 말했다.

"하지만 그래도 살해할 이유는 없어 보이는데요."

일단 포르노 업계에 들어가기 싫어서 저항한 것도 아니고 자기 발로 들어간 사람이다.

더군다나 촬영을 거부한 것도 아니고, 기록에 따르면 돈도 제대로 지급받았다.

루이 에덤스의 말에 따르면 그녀가 보내 준 돈으로 대학까지 졸업했다고 하니 문제는 없었던 것이다.

"아마 사고이지 싶습니다."

"사고?"

"그 시대나 지금이나 마찬가지인 게 있거든요."

"마찬가지인 거요?"

"네, 부자들이죠. 좋게 말하면 부자고, 나쁘게 말하면 철없는 부르주아들이고."

"무슨 말이지요?"

"사건 자체는 인식하지 못했습니다만, 그 당시 활동하던 촬영기사 한 명에게서 소문을 하나 들었습니다."

"소문?"

"네."

당시 그 촬영기사는 정확하게 말하면 촬영 보조였다.

그래서 나이가 어렸고 지금까지 살아 있었다.

"그 당시에 이상한 소문이 돌았다고 하더군요."

"이상한 소문이라고 한다면?"

"요트 파티에서 사고가 나서 사람이 죽었다."

"요트 파티요?"

"네, 소문은 그랬답니다. 자세한 건 모르지만요."

"요트 파티라……."

"요즘도 마찬가지 아닙니까?"

"이해가 가는군요."

부자들은 요트 파티를 한다.

좋게 말해서 요트에서 하는 파티지, 대놓고 말해서 난잡한 난교 파티다.

"부자들 중에 포르노 스타를 불러서 그런 식으로 노는 놈들이 좀 있지요."

아예 언론에 나갈 정도의 부자라면 몸조심하느라고 그러지 않지만, 그런 부자가 아니라면 그런 짓거리를 하는 경우가 많다는 것은 노형진도 들은 적이 있었다.

"더러운 취미 생활이네요."

듣고 있던 엠버는 눈을 찌푸렸다.

"뭐, 자랑할 만한 취미는 아니죠."

노형진도 알고 있던 일이기에 어깨를 으쓱했다.

"그런데 그곳에서 살인 사건이 났다고요?"

"네. 사고로 여자가 죽었다는 소문이 있었다고 하더군요."

술과 여자. 그들이 추구하는 전부.

"그리고 그 일에 대해서는 쉬쉬한다고 하더군요."

"하긴, 그건 그렇겠네요."

누군가 신고했으면 좋았겠지만, 그때만 해도 범죄 조직과 결탁되어 있는 산업이 바로 포르노 산업이었다.

그런 상황에서 신고한다면 자신의 목숨조차도 위험해진다.

"하지만 여자들이야 겁먹고 쉬쉬한다고 해도 보낸 사람은 알 거 아니에요?"

엠버는 고개를 갸웃했다.

노형진은 어깨를 으쓱했다.

"그쪽 업계에서 일하는 자들에게 양심이나 도덕성을 기대하기는 힘들죠."

"끄응……."

"거기에다 소문은 소문일 뿐이니까요."

쉬쉬하는 소문인 만큼 경찰이 알기도 힘들었을 것이다.

설사 알았다고 해도, 그걸 추적하려고 했을까?

"그 당시 경찰의 부패는 상상을 뛰어넘었습니다."

게리는 안타깝다는 듯 기록을 바라보면서 말했다.

"지금도 부패한 경찰이 없는 건 아니지만, 그 당시 플로리다는 사건을 추적하던 경찰이 동료 경찰에게 살해당할 정도로 부패가 심했지요."

그런데 포르노 산업은 그때나 지금이나 돈이 된다.

그리고 돈이 되는 곳에는 파리가 꼬이기 마련이다.

"경찰 단위에서 은폐되었다는 건가요?"

"그럴 가능성이 높습니다."

게리는 고개를 끄덕거렸다.

"거기에다 포르노 산업이라는 특성상 유입되는 사람들은 그다지 보호받는 계층은 아니지요. 무슨 뜻인지 아실 겁니다."

"무슨 뜻인지 압니다."

노형진은 고개를 끄덕거렸다.

그걸 좋아서 찍는 사람은 극히 드물다.

먹고살려고, 돈을 벌려고 찍는 것이다.

당연히 돈이 있거나 법에서 보호하려고 애쓰는 계층은, 투자자면 모를까 실무자로 들어오는 경우는 거의 없다.

당장 루이 에덤스만 해도 그 당시에는 대학에 갈 돈이 없어서 학업을 포기하려 했던 사람이다.

'그러나 대학이 그의 인생을 바꿨지.'

그 대학에서 현 대통령을 만나 그를 도와주며 정치적 입지를 쌓아, 현재 통상 장관의 자리까지 왔다.

말 그대로 기적같이 성공한 삶을 만들었다.

"그 사건을 조사하려고 하시는 건가요?"

"그랬으면 좋겠습니다만, 아무것도 없어서요."

소문은 그렇지만 관련된 건 아무것도 없다.

탑승했던 사람이 누군지도 모르고, 그 배가 어떤 건지도 모른다.

설사 그 배가 어떤 것인지 안다고 할지라도, 배의 수명을 생각하면 그 배가 지금까지 남아 있을 가능성은 제로다.

"그래서 루이 에덤스 씨가 노 변호사님을 부른 거죠."

"기분 나쁘지 않으십니까?"

"미국은 자문 시스템이 잘되어 있습니다."

"쩝, 그게 부럽죠."

한국은 경찰이 자기가 잘 모르는 걸 인정하지 않는다.

그럼 자문이라도 구해야 하는데 그러질 않다 보니 국과수에 사건을 맡기는 수밖에 없고, 국과수의 규모가 큰 것도 아니라서 단순한 사건의 조사도 몇 달씩 걸리는 경우가 많다.

외부 자문력을 인정하지 않아 일어나는 행정력 낭비다.

"살인 쪽으로 파 보는 게 맞기는 한 것 같습니다."

"그러면 관련 자료를 제가 최대한 챙겨 오지요."

"그래 주시면 감사하겠습니다."

게리가 바깥으로 나가자 방에 남은 세 사람.

그런데 엠버는 표정이 묘했다.

"뭔가 마음에 안 든다는 표정이시네요. 그 사건이 확실한 것 같은데."

"그럴 수도 있지만 아닐 수도 있죠."

"걸리는 게 있나요?"

단순히 뭔가 걸린다 싶은 느낌이라 해도 그냥 무시할 수는 없다.

물론 정황상 지금 가장 가능성이 높은 건 그 사건이지만.

"사실은 걸리는 게 하나 더 있기는 합니다."

"네?"

"그녀가 찾은 돈 말입니다."

"네."

"총 120달러예요."

"그 당시로써는 적은 돈이 아닐 텐데요?"

"그렇지요. 하지만 사고로 죽은 사람의 돈을 굳이 꺼내기에는, 많다고 볼 수도 없죠."

노형진은 사건을 다시 꺼내 들었다.

그녀가 살던 집의 사진. 그녀에 대한 증언.

"기록에 따르면 대부분의 돈은 가족들에게 보내고 정작 자신은 가난하게 살았다고 되어 있어요."

"그런데요?"

"계좌에도 고작 120달러가 다였고."

물가가 올랐다는 점을 감안해도, 120달러면 범죄 조직이 꺼내서 쓰기에는 너무 적은 돈이다.

"그리고 그 당시에 쓰던 모든 걸 해지했어요. 심지어 집조차도 빼 버렸죠. 우연치고는 너무 우연 아니에요?"

"그건 그러네요."

계좌야 그렇다고 쳐도 집은 이야기가 다르다.

집주인이 그 범죄 조직에 속하지 않은 이상에야 말이다.

"보통 이런 경우 집주인이 경매 절차를 거치죠."

미국에서 개개인의 사생활은 아주 중요하다.

이번 사건은 그걸 이해하지 못한 한국 정부의 실책이고.

"그 말은, 아무리 범죄자라고 할지라도 집주인에게 가서 세입자가 죽었으니 나한테 돈 내놓으라고 할 수는 없다는 거죠."

미국은 보증금이 많지 않다.

그럴 수밖에 없는 게, 미국은 한국과 법의 적용이 전혀 다르니까.

"한국은 보증금이 내지 못할 월세에 대한 선제 개념도 있으니까요."

하지만 미국은 그런 부분이 약하다.

말 그대로 주거하는 아파트나 건물에 대한 수리비 정도로 생각한다.

"그런가? 그렇게 안 비싼가?"

송정한은 고개를 갸웃하며 물었다.

하긴, 그는 미국에 대해 잘 모르니까.

"네, 한국처럼 월세 대비 몇십 배를 청구하지는 않아요. 대신에 월세를 못 내면 가차 없죠. 바로 끌어내고 물건을 경매 처리해 버리니까."

한국처럼 월세 60에 보증금 4천만 원씩 하는 게 아니라, 말 그대로 물건의 수리비 개념을 보증한다.

"가차 없다고?"

이해를 못 하는 송정한.

노형진은 그를 위해 간단하게 설명했다.

"한국처럼 명도소송을 하고 몇 달씩 가지 않습니다. 길바닥으로 끌어내는 게 말 그대로 순식간이에요."

"무슨 뜻인지 알겠군."

한국은 월세를 내지 못하는 경우라고 해도 주인이 그들을 끌어내기 위해서는 명도소송을 걸어 이긴 후 법원의 허가를 얻어 용역을 불러서 끌어내는 과정이 있다.

그만큼 복잡하다.

"그에 반해 미국은 그 과정이 쉽습니다. 그리고 집 안에 있던 물건들은 경매를 해 버리지요."

끌어내기 위해서는 집 안의 가구나 가전제품을 바깥으로 내놔야 한다.

문제는 그걸 내놓는다고 해도 둘 자리가 마땅치 않다는 것이다.

가령 상가 명도소송 중 집 안 물건들을 주차장에 내놓는다면, 그것들을 치우지 않으면 건물을 못 쓰는 건 마찬가지다.

"아, 하지만 미국은 그냥 중고로 팔아 버린다 이거군."

"네. 그래서 월세를 보충하는 거죠."

노형진은 그렇게 말하면서 서류를 바라보았다.

"그런데 이 기록에 따르면 분명 방도 계약이 해지된 것으로 되어 있습니다. 게리는 그게 살인 사건과 연관되어 범죄 조직이 꺼낸 거라 생각하지만, 제가 범죄자라면 무리해서 받아 내려다가 범죄가 드러나게 되는 실수는 하고 싶지 않을 겁니다."

"그 말은 자신이 스스로 도주했다는 건데?"

"네, 그래서 이상한 겁니다."

도주할 이유도 없는 사람이 도주했다.

"혹시 그 배에 탑승했던 사람일 수도 있죠."

엠버는 심각한 얼굴로 말했다.

"그 배에서 죽지 않은 것 같다면서?"

송정한이 이해가 안 간다는 듯 묻자 노형진은 자신의 생각을 밝혔다.

"네, 사망자가 아니라 증인이라면 이 모든 게 가능해지지요."

누군가 죽는 걸 봤다.

거기서 직접 죽거나 죽인 건 아니지만, 그런 경우라면 나오자마자 도망갈 가능성이 크다.

그러면 상황이 맞아떨어진다.

"그래서 제가 게리 수사관이 그걸 파 보겠다는 걸 그냥 둔 거고요. 그마저도 확실하지 않지만요."

일단 중요한 것은 뭐든 해 보는 것이다.

그리고 그러다 보면 뭐든 나올 거라 노형진은 생각했다.

제인 도

　게리는 그 당시 업계 종사자들을 조사하면서 해당 사건에
대해 아는 사람이 있는지 물어봤다.

　하지만 대부분은 모른다는 대답이 다였다.

　"당연하다면 당연한 겁니다."

　노형진은 아무것도 없다는 게리의 말에 입맛을 다시며 말
했다.

　"시간도 시간이지만 결정적으로 소문일 뿐이었으니까요."

　"하지만 아무것도 없다는 건 사건이 없다는 걸까요?"

　"그건 아닌 것 같습니다. 다만 사건의 특징이 문제겠지요."

　"사건의 특징?"

　"그게 자랑할 만한 취미는 아니지 않습니까?"

"아아."

쉬쉬하면서 누군가 몰래 공급할 테고, 거기에 가는 사람들은 그 사건에 대해 이야기하지 않을 것이다.

"공급 자체가 비밀인데 누가 갔는지 주변인들이 알 리 없죠."

그러니까 소문인 것이다.

누가 갔는지 알 수는 없으니까.

"그러면 어떻게 추적할지 모르겠군요."

게리는 초조한 듯 탁자를 두들겼다.

이미 자신 말고도 몇몇 수사관들이 움직이고 있지만 없는 증거를 찾을 수는 없었다.

"사라 에덤스가 속해 있던 소속사 사장이라도 살아 있다면⋯⋯."

그랬다면 아마 취조를 할 수 있겠지만, 이미 죽은 사람을 어떻게 조사한단 말인가?

"제 생각에는 질문을 바꾸는 게 좋을 것 같습니다."

"질문요?"

"네, 그 사고에 대해 아느냐고 질문을 하면 사람들은 대부분 모를 겁니다. 설사 안다고 해도, 그 당시에 신고하지 않았던 걸 생각해 보면 지금 와서 사실은 어쩌고 하면서 이야기할 가능성도 거의 없지요."

"그러면 질문을 어떻게 바꿔야 하지요?"

"그 당시에 갑자기 은퇴한 배우를 찾는 게 중요하다고 생각합니다."

"은퇴한 배우요?"

"죽은 사람도 소속사가 있었을 테니까요."

"아하!"

미국은 포르노 배우라고 해도 소속사가 있다.

개인으로 움직이면 범죄자들에게 다 뜯기면서 활동해야 하기 때문에 스스로를 보호하기 위해서다.

"그리고 그녀를 출연시키려고 했던 사람들이 들을 말은 뻔하죠."

'그녀는 은퇴했다.'라는 말.

'죽었습니다.'라고 할 수는 없으니까.

"은퇴한 사람들을 기준으로 찾아보면 되겠군요."

게리는 노형진의 말에 고개를 끄덕거리고 바로 전화를 들었다.

그리고 며칠 후에 몇 개의 이름이 드디어 나타났다.

"다행히 은퇴한 사람을 찾는다는 말에는 그다지 거부감을 드러내지 않았다는군요."

"은퇴라는 것은 범죄랑은 좀 느낌이 멀지 않습니까?"

나이를 먹어서 은퇴하는 경우도 있지만, 그런 경우에는 요트에 부르지도 않을 것이다.

진짜 잘나가는 시점에 부르는 경우가 많으니까.

"일단 그 당시에 은퇴한 사람들은 배우 중에서 총 스물다

섯 명입니다."

게리는 확보한 기록을 확인했다.

"스무 명은 생존이 확인되었습니다. 세 명은 사망이 확인되었고요."

"그러면 남은 건 두 명이군요."

"네."

그중 한 명은 사라 에덤스일 것이다.

그리고 정황상 사라진 다른 한 명이 사망자일 것이고.

"그게 누굽니까?"

"에이미 모리어티라고 합니다."

"딱 봐도 가명이네요."

모리어티라니. 셜록 홈즈에 나오는 세기의 악당이 아닌가?

"실명은요?"

"이제 찾아봐야지요."

게리는 씩 웃으며 보고서를 흔들었다.

"그녀가 속해 있던 회사 사장이 아직 살아 있거든요."

⚖

"에이미 모리어티에 대해 말씀해 주십시오."

휠체어에 앉아 있는 남자는 멍한 표정이었다.

이미 늙어 버린 몸. 산소호흡기를 끼고 있는 몸은 이제 누군가의 도움이 없으면 움직이는 것도 불가능해 보였다.

제랄드.

그녀가 일했던 회사의 사장이다.

"모릅니다."

"사장님의 회사에서 일했던 사람입니다. 그러다 실종되었지요. 그런데 모른다는 게 말이 됩니까?"

"기억이 안 납니다. 내 나이가 몇인데 그런 걸 다 기억하겠습니까?"

휠체어에 앉아서 끙끙거리면 힘들게 말하는 제랄드.

'얼마 안 남았군.'

아마 아무리 길어도 2년 안에는 그의 생명이 다할 것이다.

"그녀에게 사고가 있었다는 건 압니다. 그러니 지금이라도 진실을 말해 주십시오."

엠버도 어떻게 해서든 그를 설득하려고 했다.

하지만 제랄드는 요지부동이었다.

"저는 모르는 일입니다. 제 아래에서 일하던 사람들이 한두 명도 아닌데 그걸 어떻게 다 안단 말입니까?"

끝까지 잡아떼는 제랄드를 보면서 노형진은 눈을 찌푸렸다.

자신은 아무런 권한이 없어서 그저 바라보고 있었지만 말이다.

"잠시만."

노형진은 제랄드의 눈을 한참 바라보았다.

'여기서 잡아서 기억을 읽을까?'

그건 무리다.

당장 쓰러져 죽을 것 같은 사람을 잡았다가는 겁박했다는 오해를 받을 수도 있다.

거기에다 그는 휠체어에 앉아서 좀 떨어진 곳에 있다.

'송 대표님이 초조해하던데.'

그는 루이 에덤스와의 인맥을 만들기 위해 왔다.

지금이야 그의 진술을 받는다는 의미로 접근해서 이야기 중이라고 하지만, 언제까지 그럴 수는 없다.

'사건이 해결되지 않으면 인맥도 없는 거지.'

노형진은 마음을 굳게 먹었다.

"제가 잠깐 이야기해도 될까요?"

아무래도 자격이 없는 노형진이 끼기 뭐해서 뒤에 빠져 있다가 앞으로 나서자, 게리는 고개를 끄덕거렸다.

자신이 물어도 대답을 하지 않으니 노형진이라도 별로 방법이 없을 거라 생각해서였다.

하지만 노형진이 던진 질문은 처음부터 상상을 초월했다.

"이미 살인 사건인 거 압니다. 살인 사건을 은폐하면 처벌받으십니다."

움찔했던 제랄드는 금방 평온해졌다.

"이 몸으로 감옥에 갈 때까지 기다릴 수 있을지 모르겠네요, 허허허."

웃으면서 말하지만 그 안에서 담긴 내용은 절대 가볍지 않았다.

그리고 그 말의 뜻을 알아들은 게리와 엠버 역시 움찔했다.

'역시나.'

노형진은 더 이상 묻지 않았다.

"알겠습니다."

노형진이 물러나자 두 사람 역시 자연스럽게 물러났다.

바깥으로 나온 세 사람은 차에서 심각한 얼굴로 이야기를 주고받았다.

"역시 살인이 맞군요."

감옥에 갈 각오를 한다는 것.

그건 살인은 맞지만 자신은 결코, 아무 이야기도 하지 않겠다는 뜻이다.

"그리고 그 당사자가 누구인지 모르지만 아직 살아 있고 힘이 있다는 거지요."

노형진이 물러난 이유가 그것이다.

제랄드는 죽음이 얼마 남지 않았다.

죽음이 다가오면 사람들은 양심에 찔렸던 일을 고백하는 경우가 많다.

그럼에도 불구하고 제랄드는 이야기를 하는 것을 거부했다.

"그 사건의 당사자가 아직도 부자라는 거죠."

그냥 부자도 아니다.

죽은 그에게까지 보복을 할 수 있을 정도의 부자라는 소리다.

"하지만 죽은 사람에게는 보복을 못 하지 않습니까?"

게리는 그 부분이 이해가 가지 않는 듯했다.

이미 그는 죽음을 선고받았다.

그런데 무서울 게 뭐가 있단 말인가?

감옥? 지금 그는 휠체어에서 일어나지 못한다.

집 자체가, 아니 그의 방 자체가 감옥이다.

도리어 어마어마한 미국의 진료비를 생각하면 감옥 가는 게 생명을 늘려 준다.

감옥에서는 치료를 해 주니까.

"엠버, 방금 그 사장에 대한 기록을 좀 주시겠어요?"

노형진은 그걸 받아서 살피면서 게리의 질문에 답했다.

"자신에 대한 보복이 아니라면 이야기가 달라지요."

"네?"

"제랄드 자신은 잃을 게 없지요. 하지만 그 당사자가 아니라 다른 사람에게 보복한다면 이야기가 달라진단 말입니다."

"하지만 아내는 이미 죽었는데요. 그리고 보복이 쉬운 것도 아니고."

"누군지 알 것 같습니다. 제랄드에게는 아들이 하나 있군요."

아들은 지금 일을 하고 있다.

그리고 그가 일하는 곳은 샤인 인더스트리라는 기업이었다.

"증언을 했다고 아들에게 킬러를 보낼 수는 없을 테니, 결국 남은 건 직접적으로 보복을 할 수 있다는 거죠."

"잠깐만, 샤인 인더스트리라고 하셨나요?"

"네."

노형진이 말하자 엠버가 기록을 찾다가 눈을 찌푸렸다.

"보복이라는 게 해직은 어때요?"

"해직요?"

"네. 미국에서는 해직당하면 답이 없는 경우가 많거든요."

보험도 안 되고 취업도 쉽지 않은 게 현 상황이다.

그래서 해직이 말 그대로 길거리로 나앉는 단초가 되는 곳
이 미국이다.

"그럴 수도 있죠. 직접적 보복이 될 수도 있겠군요. 그런
데 왜요?"

"샤인 인더스트리 대표가 문제네요."

"대표?"

"샤인 인더스트리 대표. 데인 카셀 상원 의원."

엠버는 쓸쓸한 표정으로 말했다.

"어쩌면 우리가 월척을 낚았는지도 모르겠네요."

⚖

'데인 카셀 상원 의원이라니.'

노형진은 입맛이 썼다.

현재 공화당의 중심을 이루는 사람 중 한 명으로, 별명은 '독불장군 카셀'.

　　"그리고 그가 다녔던 학교가 플로리다 UC 대학교."

　　딱 그 시기에 플로리다에서 대학을 다녔고…….

　　"그 당시에 플로리다에 집안의 요트도 한 대 있었네요. 그리고 그 요트는 사고 시점을 기준으로 1개월 후 원인 모를 화재로 불타 버렸고요."

　　너무나 당연하다고 할 정도로 나오는 흐름.

　　"제랄드의 아들 상황도 좋지 않아요. 딸이 소아백혈병으로 치료받고 있네요."

　　"만일 데인 카셀이 보복으로 해직을 하면 다 죽게 생겼군요."

　　어마어마한 의료 시스템의 문제로 인해 보험이 없으면 치료조차도 받을 수 없는 미국에서, 집안에 아픈 사람이 있는데 해고한다는 것은 그 사람보고 죽으라는 소리나 마찬가지다.

　　"할아버지나 할머니에게 최우선은 자손이죠."

　　어차피 얼마 남지 않은 목숨이다.

　　그런데 자기 양심대로 행동해 그 결과 자식이 죽는다면 누구든 입을 다물 것이다.

　　'오죽하면 최고의 혜택이 의료보험일까.'

　　과거에 유명 야구 선수가 성적이 떨어진 적이 있었다.

　　이유는 그 당시 그의 딸이 백혈병에 걸려서였다.

　　구단에서는 그 사실을 알고 그의 성적과 상관없이 구단에

잔류시키며 보험과 의료비를 지원하겠다고 했다.

한국 같으면 이해가 안 가는 일이다.

해직한다고 해도 지역 의료보험으로 적용받으면 되니까.

하지만 미국은 그런 게 없기 때문에, 해직당하면 유명 메이저리거조차도 힘들 정도로 병원비가 터무니없이 나온다.

'농담이 아니라, 가족 중에 아픈 사람이 있으면 직장이 목숨 줄이 되는 거지.'

설사 다른 데 취직하고 싶다고 해도 데인 카셀 상원 의원의 힘 정도면 어딜 가든 그가 잘리게 할 수 있다.

"퍽킹! 더러운 새끼!"

이런 상황이라면 누구라도 입을 열지 않을 거라는 생각에 게리는 운전하던 핸들을 강하게 내리쳤다.

"진정하세요."

"하지만 증거라고는 그 사장뿐입니다."

누가 탔는지, 어떤 여자가 같이 탔는지 그는 알고 있다.

즉, 그만 입을 열면 그에 관련된 자들을 조사할 수 있고 사건을 풀어낼 수 있다.

그러니 화가 안 날 수가 없다.

"루이 에덤스 씨에게 도움을 요청해 볼까요?"

노형진은 고개를 흔들었다.

"안 될 겁니다. 상대방이 너무 안 좋아요."

다른 사람도 아닌 현 야당인 공화당의 상원 의원이다.

그런 그를 루이 에덤스가 압박하거나 공격하려고 한다는 것은, 현 정권 입장에서는 터무니없이 부담스러운 일이다.

"까딱 잘못하면 루이 에덤스 씨도 해직될 정도의 일입니다."

노형진은 심각한 얼굴로 말했다.

아무리 그가 현 대통령과 친하다고 해도 정치란 비정하다.

그가 공화당과 척지면 현 정권에서는 그를 그냥 둘 수가 없다.

"더러운 꼴을 보여 드리네요."

게리의 말에 노형진이 피식 웃었다.

"더러운 꼴요? 아직 게리 수사관님은 더러운 꼴을 못 보셨나 보네요."

"네?"

"한국은 이것보다 백배는 더하면 더했지 결코 덜하지 않습니다. 여기는 보복이 해직이죠? 한국은 데려다가 야구방망이로 두들겨 패는 겁니다."

"설마요."

"거기에다 깽값, 그러니까 합의금이라고 표현해야 하나요? 하여간 그거라고 돈을 피해자의 얼굴에 뿌리는 건 덤이죠. 물론 정부는 그걸 솜방망이 처벌을 하죠."

믿을 수 없다는 듯 입을 쩍 벌리는 게리.

그런 일을 하면, 미국 같으면 대통령 할아비가 와도 탄핵당한다.

"더러운 거 보고 싶으세요? 한국 오세요. 한국 더럽다고 미국으로 이민 오는 이유를 아시게 될 겁니다, 후후후."

"노 변호사님, 그건 자랑할 게 아니에요."

"자랑 아닙니다."

노형진이 실실 웃으며 말하자 엠버는 고개를 흔들었다.

"그러지 말고 방법을 말씀해 주세요. 농담하시는 거 보니 방법이 있으신 것 같은데."

"방법은 있죠."

"네?"

"역순으로 가면 됩니다."

"역순요?"

"보통 사람들은 이쪽이 약점이 있어서 이야기를 못 한다고 생각하죠."

"그게 맞는데요?"

게리는 운전하다 말고 고개를 돌려서 노형진을 바라보면서 말했다.

그리고 노형진은 그런 그를 보고 기겁을 했다.

"게리! 앞에! 앞에!"

"압니다. 걱정하지 마세요."

"제 목숨은 소중합니다."

"그러면 방법을 말씀해 주세요."

"약점이라는 것은 상호 보완적이지요. 사실 약점이라는

것은 결국 거래입니다."

이걸 말하지 않을 테니 나에게 이득을 달라.

협박의 가장 평범한 형태다.

약점을 잡았다고 요구를 하지만, 반대도 가능하다.

특히나 이런 경우는 더더욱 말이다.

"이해가 안 가는데요. 거래인 거야 알지만요."

"쉽게 말해서 이겁니다. 이쪽이 배신하지 않으면 저쪽도 배신하지 않는 게 이런 거래의 특징이죠. 그러면 이쪽이 배신을 하게 한다면요?"

만일 누군가 한쪽이 먼저 배신을 한다면?

그 거래는 끝이다.

"데인 카셀이 배신을 하게 한다고요? 할까요?"

고개를 갸웃하는 두 사람.

그는 살인의 약점이 잡혀 있는 상황이다.

그런 만큼 데인 카셀이 배신할 가능성은 낮다.

"저는 다르게 생각합니다."

"네?"

"데인 카셀은 샤인 인더스트리의 대표입니다. 한국으로 치면 회장급이네요."

"그렇지요."

"시스템이 회사나 국가마다 다르겠지만, 일반 직원 고용을 사장이 처음부터 끝까지 관리하는 곳은 없죠."

"그게 무슨 말씀이신지?"

게리는 공무원이라서 그런지 이해하지 못했지만 엠버는 바로 이해했다.

"그렇군요. 데인 카셀이 자르라고 말할 필요는 없네요."

"저기, 좀 더 정확하게 말씀해 주시면 좋겠습니다만?"

"간단합니다. 고용이야 데인 카셀이 했겠지요. 하지만 자르는 건 다른 사람도 가능하다는 겁니다."

더군다나 그는 고위직도 아닌 일반적인 공장 노동자다.

즉, 상위 직급의 누군가가 그를 자르는 건 어렵지 않은 일이라는 것이다.

"데인 카셀이 그를 관리하지는 않을 테니, 그를 먼저 자르게 할 수 있다면 계약은 깨지는 셈이지요."

"무슨 뜻인지 알겠습니다. 하지만 그런다고 해도 바로 말할까요?"

아들이 잘리자마자 화가 나서 '저놈이 내 아들을 잘랐어! 복수다!'라고 말을 할 것 같지는 않았다.

"그건 방법이 있지요."

노형진은 엠버를 바라보았다.

"엠버, 플로리다에 드림 로펌의 지점이 있었지요?"

"네, 크지는 않지만요."

"그곳에 자리가 있나요?"

엠버는 살짝 미소 지었다.

노형진의 지원 아래 드림 로펌은 빵빵한 지원을 자랑하는 곳이다.

　　그중에는 당연히 의료보험 시스템이 있다.

　　"마침 야간 경비원 자리가 하나 비어 있네요."

　　그리고 그 말을 알아들은 게리는 활짝 웃었다.

　　제랄드는 정신이 혼미해졌다.

　　아들이 해직당했다.

　　그리고 보험도 끊겼다.

　　병원에서도 일주일 이내에 나가라는 통지가 왔다.

　　"이럴 수가⋯⋯."

　　그는 손녀를 살리기 위해 뭐든 하려고 했다.

　　양심도 팔았다.

　　그런데 다 죽게 생겼다.

　　'하늘이 내린 형벌인가.'

　　자신이 젊은 시절 저질렀던 수많은 범죄들.

　　그게 자신의 아이들의 목숨으로 갚아지는 것이 아닌가 하는 죄책감에 그는 고통스러웠다.

　　물론 아들의 해직은 게리가 나서서 한 것이다.

　　현장 관리자에게 그를 범죄 혐의로 추적 중이라고 넌지시 말하자마자, 현장 관리자는 바로 그를 해고해 버렸다.

까딱 잘못하다가는 회사까지 범죄에 연루될 수 있기 때문이다.

그리고 그 정도 해직은 흔하기에 그 사실은 데인 카셀에게 보고되지 않았다.

하지만 제럴드가 보기에는 이건 데인 카셀이 배신한 것이었다.

"안 돼. 이럴 수는 없어."

그는 늙어서 쭈글쭈글한 손으로 얼굴을 부여잡았다.

아들은 절망에 빠져서 전화를 했지만 자신이 해 줄 수 있는 것은 없었다.

자신이 이 집을 팔아도 그 어마어마한 병원비 세 달 치도 안 된다.

아들은 걱정하지 말라고 금방 자리를 구할 수 있을 거라고 이야기하지만, 될 리 없다.

'이건 벌이야.'

회사 입장에서 쓸 사람은 많다.

그런데 막대한 보험료가 나갈 수밖에 없는 자신의 아들을 쓰려고 하는 회사가 어디 있겠는가?

모르고 있다가 병이 걸리는 것과, 병이 있는 걸 알고 받아 주는 것은 전혀 다른 문제다.

"이럴 수는 없어……."

그가 얼굴을 부여잡고 절망하는 그때, 누군가 문을 두들겼다.

"누구요?"

"제랄드 씨, 거래하러 왔습니다."

"거래? 당신이 누군데?"

"악마죠."

노형진은 차갑게 말했다.

사실 악마 같기는 하다.

'백혈병 걸린 애 목숨을 가지고 협박하다니, 참.'

진짜 악마나 할 짓이 아닌가?

"악마?"

"당신의 양심을 걸고 거래하죠. 나는 당신 아들의 직장을 걸고요."

제랄드는 입술을 깨물었다.

목소리로 누군지 알 것 같았다.

그리고 피할 수 없다는 것도.

그는 힘겹게 휠체어를 밀어서 현관으로 다가가 문을 열었다.

"반갑습니다, 제랄드 씨."

"내게 원하는 게 뭐요?"

"뭔지 아실 텐데요? 거절하신다면 전 여기서 돌아가겠습니다."

노형진은 휠체어에 앉아 있는 제랄드를 바라보면서 말했다.

"……."

아무런 말도 못 하는 그에게 노형진은 슬쩍 한마디 더했다.

"저희가 거래하는 보험회사는 루지아 병원과 계약되어 있지요."

"루지아……."

"백혈병 치료로 유명한 곳이지요."

제랄드는 입술을 깨물었다.

그의 손녀가 있는 병원은 백혈병 전문 병원이 아니라 일반 병원이다.

'그래, 미국 의료 시스템 만세다, 씨발.'

미국에서는 보험에 들었다고 해서 다 되는 게 아니다.

보험사에서 계약한 병원이 아니면 보험 혜택을 받을 수가 없다.

샤인 인더스트리가 계약한 병원은 일반 종합병원이다.

그에 반해 루지아 병원은 소아백혈병 병동이 따로 있을 정도로 그쪽으로 유명한 병원이다.

"……."

"여기 계약서가 있습니다."

노형진은 제랄드에게 계약서를 내밀었다.

취업 계약서이지만, 제랄드는 그게 악마에게 영혼을 파는 계약서처럼 느껴졌다.

하지만…….

"들어오시오."

손녀만 구할 수 있다면 그는 악마와 기꺼이 거래를 할 생
각이었다.

　　제럴드는 자신이 아는 모든 것을 이야기했다.
　　그날 같이 탑승했던 사람. 그리고 자신이 보냈던 사람들.
　　그리고 그곳에서 벌어진 일들.
　　게리는 자신이 알아낸 정보를 천천히 사람들에게 말했다.
　　"안젤리나 더비스."
　　피해자의 이름.
　　수많은 사람들처럼 태양을 쫓아서 플로리다로 왔던 그녀.
　　시골에서 자라 대도시에 대한 환상을 가진 그녀.
　　"사고이기는 한데 말이죠."
　　데인 카셀과 세 명의 친구들은 네 명의 여자들을 데리고
요트를 타고 바다로 나갔다.
　　분위기는 좋았다.
　　하지만 데인 카셀이 술에 너무 취한 것이 실수였다.
　　여자에게 무리한 요구를 했고, 여자는 그걸 거절했다.
　　화가 난 데인은 본을 보인다고 그녀의 얼굴을 후려쳤다.
　　그러고도 화가 풀리지 않아서 혼을 내겠다면서 물에 빠트
린 후 배를 몰고 그곳을 떠나 버렸다.

이것이 법이다

"젊을 때는 완전 미친놈이었던 모양입니다."

머리를 절레절레 흔드는 게리.

"그런데 거기서 죽은 거예요?"

엠버는 질렸다는 표정이 되었다.

설마 망망대해에 여자를 혼자 빠트리고 갈 생각을 하다니.

"아니, 다른 사람들도 있었잖아요?"

"다른 사람들은 술에 취해서 낄낄거리기만 했답니다. 사실 진짜로 버리고 오려고 한 것도 아니고요."

여자들은 똑같이 버려질까 봐 항의도 못 했단다.

"그런데 왜 살인 사건이 된 겁니까?"

노형진은 고개를 갸웃했다.

일단 이야기를 들어 보니 겁을 주기 위해 한 건 맞지만 죽이려는 계획은 없었던 모양이다.

"플로리다에 뭐가 많은지 아십니까?"

"글쎄요? 태양, 야자수, 여자?"

노형진이 고개를 갸웃하면서 묻자 게리가 씁쓸하게 말했다.

"상어죠."

"아……."

"상어는 무서운 놈들이죠."

수 킬로미터 바깥에서도 한 방울의 피 냄새를 맡고 몰려오는 게 상어다.

그런데 버려진 여자는 데인 카셀에게 얼굴을 얻어맞아 코

피가 나던 상태였다.

"처음에는 장난이었답니다. 그래서 30분 정도 주변을 돌다가 돌아와 건져 올리려고 했다더군요."

물론 이건 데인 카셀이 한 말이 아니다.

그와 함께 요트에 탔던 다른 사람의 증언이다.

지금 데인 카셀은 초호화 변호인단을 구성해서 변호를 준비하고 있다.

"그런데 30분 후 돌아간 그들의 눈에 보인 건⋯⋯."

"상어 떼였군요."

현장에 도착했을 때 그들이 본 것은, 수십 마리의 상어 떼가 안젤리나 더비스를 공격하는 모습이었다.

"전문 장비 없이 상어를 쫓아낼 수는 없죠."

그들은 그녀가 갈가리 찢겨 나가는 모습을 바라만 봐야 했고, 바다는 그녀의 피로 붉게 물들었다.

그녀를 구할 방법은 없었다.

그 상황에서는 물에 들어간다는 것 자체가 자살행위였으니까.

"돌아온 그들은 갱단을 동원해 협박해서 여자들의 입을 다물게 하고 모든 것을 덮었습니다. 제랄드 역시 그들의 힘이 두려워서 입을 다물었고요."

"결국 사건 하나는 해결되었네요."

노형진은 길게 한숨을 쉬었다.

한 건은 해결되었다.

한 건은.

문제는 그 한 건이다.

"정작 사라 에덤스는 없지 않습니까?"

사건을 시작할 때 그 피해자가 사라 에덤스이거나 하다못해 증인이라서 그들을 피해서 도망쳤다고 생각했다.

그런데 정작 그 배에 올라탄 사람들 중 사라 에덤스는 없었다.

"이거 제대로 헛걸음을 했네요."

노형진은 눈을 찌푸렸다.

"좋게 생각하세요. 그래도 미결 사건 하나는 해결했잖아요."

엠버의 말에 노형진은 긴 한숨을 내쉬었다.

"의뢰와 전혀 상관없는 사건을 말이지요."

이번 사건으로 아마 데인 카셀은 처벌을 면하지 못할 것이다.

미국의 정치판도 크게 흔들릴 테고.

'그러면 뭐 하냐고. 정작 우리 사건하고는 아무런 관련도 없는데.'

더군다나 데인 카셀의 사건은 노형진이 손쓰기도 전에 언론에 터져서, 그걸 이용해서 샤인 인더스트리의 주식으로 장난을 칠 수도 없었다.

말 그대로 이득 하나 없는 사건 해결이다.

"정작 사라 에덤스는 어디로 사라진 건지."

지금까지 밝혀진 것은 오로지 그녀가 스스로 사라졌다는 것뿐이다.

"도대체 왜 사라졌는지도 모르겠고."

노형진은 다시 기록을 읽어 봤다.

하지만 그녀와 관련된 기록은 없었다.

그녀가 어디로 갔는지 추적할 수 있는 것도 없었다.

오로지 주변 인물들의 기록들뿐.

그나마도 가까운 사람들은 사망자인 경우가 많다.

당장 사장도 일찍 죽은 사람이다.

'죽은 사람에게 물어볼 수도 없고……. 잠깐, 사망?'

노형진은 그 기록을 보고 말문이 막혔다.

사망, 죽은 사람.

그런데 정작 가장 강력한 흔적이 그 기록 안에 있었다.

노형진이 뭘 발견했는지 모르는 엠버는 나름대로 추정을 해서 이야기했다.

"그게, 다 싫어진 거 아닐까요?"

"어떤 게 말이죠?"

"자신의 인생이요. 모든 걸 희생하고 그렇게 사는 거요."

엠버의 말에 노형진은 그녀를 바라보았다.

확실히 그녀의 말이 맞을 수도 있다.

그녀는 노형진을 만나기 전 빚을 갚기 위해 짧게 고급 화류계에서 일했으니까.

"엠버 씨 말대로 다 싫어졌다고 해도, 동생이 통상 장관이 되었는데 연락 한번 안 하겠습니까? 관계 끊었다고 해도 동생이 성공하면 이득 보려고 연락하는 게 사람입니다."

게리가 그건 아니라고 고개를 흔드는 그때, 노형진은 긴 한숨을 내쉬었다.

단 한 단어로 모든 의심이 풀리고 사건이 해결되다니.

증거가 바로 눈앞에 있었는데 자신들은 엉뚱한 곳을 파고 있었다.

"사람이라…… 끄응……. 엉뚱한 데 눈이 팔렸던 거군요."

"네? 무슨 말씀이시죠?"

노형진의 말에 고개를 갸웃하는 두 사람.

"살인 사건에 눈이 팔려서 기본적인 걸 안 봤습니다."

"기본적인 거라고 하시면?"

"사람이죠."

"네?"

"사람은 쉽게 바뀌지 않습니다. 그건 사라 에덤스도 마찬가지죠."

사라 에덤스는 가족을 위해 포르노 산업에 뛰어들었다.

심지어 가족들은 그녀가 포르노를 찍는 것도 몰랐다가 실종되고 난 후 신고하고 그 후에야 알았다.

물론 찾아내지는 못했지만.

"물론 그냥 세상 모든 일이 싫어서 사라졌을 수도 있죠.

하지만 이번에는 아닙니다.”

책임감이 강한 사람은 자신의 목숨과도 바꿔서 일을 하려고 하는 성향이 있다.

그리고 지금까지의 일과 그녀가 한 행동 그리고 루이 에덤스의 증언을 보고 판단하면, 그녀는 가족에 대한 애착이 강하고 헌신적이었다고 한다.

“그게 무슨 말이죠? 이해가 안 가는데요.”

고개를 갸웃하는 두 사람.

노형진은 그런 두 사람을 보면서 씁쓸하게 웃었다.

“이게 동양과 서양의 차이 같네요.”

“네?”

“미국은 개인적인 국가입니다. 개개인의 권리가 중요하지요. 하지만 한국은 아닙니다. 가족이 우선이고, 가족을 위해 많은 사람들이 자신의 손해를 감수하죠.”

그렇다 보니 서로 이해하는 것도 다르다.

그리고 이해하는 게 다르니 서로 관심을 갖는 것도 다르다.

‘엠버가 말했지, 모든 게 다 싫어져서 도망간 거 아니냐고.’

분명 그럴 수 있다.

그리고 그건 미국인의 시선이다.

하지만 한국인의 시선은 다르다.

“한국에서는 가정이 우선이죠. 하지만 누군가는 가족보다 자기가 우선인 사람이 있습니다. 미국도 마찬가지일 겁니다.

대부분은 개인적이지만, 누군가는 가족이 우선인 거죠."

"그런데요?"

"그녀는 자신의 삶보다는 가족의 삶을 선택한 거라는 이야기입니다."

"이해가 안 가네요."

노형진은 긴 한숨을 내쉬었다.

"애초에 범인은 우리 눈앞에 있었습니다. 우리는 범인에 대해 이야기했고, 범인의 존재를 대입해서 추론했죠."

"네? 하지만 그런 사람이 없는데?"

엠버는 이해가 가지 않았다.

범인을 알고 이야기하고 있었는데 정작 범인을 못 보았다는 건 말도 안 되는 소리니까.

"이제 찾아보면 될 겁니다. 게리, 혹시 플로리다의 경찰 기록에 접근할 수 있을까요?"

"어떤 기록 말씀입니까?"

노형진은 씁쓸한 미소를 지었다.

"'제인 도'를 찾을 겁니다."

⚖️

플로리다의 허름한 공동묘지.

제대로 관리가 되지 않은 그곳 주변에 오늘은 경찰과 경호원이 깔렸다.

그리고 세 사람이 한 작은 무덤 앞에 서서 비석을 바라보고 있었다.

제인 도 ?-1989년

제인 도라는 이름과 사망 시기만 적혀 있는 무덤.

"이곳에…… 내…… 누나가 있단 말인가……."

"네, 사진으로 확인했습니다. 아직 유전자 검사는 하지 않았습니다만."

루이 에덤스의 목소리는 무척이나 흔들리고 있었다.

수십 년을 찾던 자신의 누나가 이런 곳에 이렇게 누워 있을 줄은 몰랐을 테니까.

"어떻게…… 어떻게…… 이런 일이……."

그는 어떤 말도 할 수가 없었다.

자신이 성공 가도를 달려가는 사이 벌어진 일.

왜 이런 일이 벌어진 건지, 그는 알 수가 없었다.

"범인은 의료보험이었지요."

사건을 해결하면서 결정적인 약점이 되어 준 미국의 의료보험 시스템.

그런데 정작 이번 사건에서는 그 의료보험이 범인이었다.

"그녀가 활동하던 시기는 에이즈가 퍼지기 시작하던 때였지요."

미국의 포르노 산업은 거대하지만 그 당시에는 체계가 잡혀 있지 않았다.

현재는 모든 포르노 배우는 의무적으로 2주에 한 번 에이즈 검사를 하게 되어 있다.

그리고 몇몇 지역은 아예 포르노 촬영 때 콘돔을 의무화하기도 했다.

미국은 한국과 다르게 각 주마다 법을 제정할 수 있기 때문이다.

"하지만 그때는 아니었죠."

1980년대. 급격하게 에이즈가 퍼졌으나 정부는 아무 대책도 없었고, 그건 포르노 산업 역시 마찬가지였다.

그리고 그 당시 에이즈는 걸리면 100% 죽음에 이르는 질병이었다.

'지금하고 좀 다르지.'

에이즈 자체는 사람을 죽이는 병이 아니다.

정식 명칭은 후천면역결핍증.

쉽게 말해서 에이즈가 사람을 죽이지는 않지만, 단순한 감기나 설사로도 사람을 죽게 만드는 게 에이즈라는 병의 특징이다.

"지금이야 관리를 잘하면 에이즈 환자도 살 수 있다고들 이야기하지만, 그때는 관리법이나 관리할 수 있는 약 자체가 없었으니까요."

노형진은 루이 에덤스 앞에서 안타깝게 말했다.

"그 당시는 그랬지요."

실제로 80년대 포르노 산업에 종사하던 사람들이 에이즈에 걸린 사례가 있다.

그리고 그 검사가 의무화되지 않던 시기인 만큼 그가 모르고 다른 배우와 촬영을 했다면, 콘돔을 사용하지 않는 미국의 촬영 환경의 특성상 그게 옮아 갈 가능성도 높았다.

"그리고 미국의 의료보험은 잔인하기 그지없지요."

100% 죽음에 이르는 질병이라 해도 병원비가 전혀 들지 않는 것은 아니다.

"왜…… 왜……. 돌아왔으면…… 돌아왔으면 우리가 어떻게 해서든……."

말을 이어 가지 못하는 루이 에덤스.

"그래서 못 간 걸 겁니다."

가면 가족들은 자신을 살리기 위해 뭐든 할 것이다.

그 '뭐든'이 의미하는 것.

집을 팔아서 병원비를 대고, 자신을 위한 격리소를 만들고 매일같이 소독하는 것.

루이는 꿈을 포기하고 대학을 그만둔 후 아마 직장을 알아봤을 것이다.

자신은 그 소독된 격리소 바깥으로는 나갈 수가 없다.

그 작은 방이 그녀의 평생의 감옥이 될 수밖에 없었을 것이다.

당연히 가족 자체가 망하는 것 또한 피할 수가 없다.

그게 미국의 의료보험이다.

"그리고 그 당시 에이즈의 특성을 생각하면 그래 봐야 3~5년이죠."

단순한 감기균 하나만으로도 그냥 죽어야 하니까.

즉, 가족은 가족대로 고통받고 자신은 자신대로 죽는다.

약이 없으니까.

"그래서 못 간 겁니다. 가족을 너무 사랑하니까."

한국도 그랬다.

암이 집안 말아먹는 병이던 시절.

암에 걸리면 수천만 원에서 수억의 치료비가 필요하던 시절.

암에 걸리자 치료보다는 자살을 선택한 사람이 적지 않았다.

"크흑……."

루이 에덤스는 그대로 주저앉았다.

그녀는 가족을 위해 홀로 죽었다.

모든 것을 버리고 자신의 목숨을 끊었다.

마지막 남은 돈을 가족에게 보내고 플로리다의 바다로 걸어 들어갔고, 해안 경찰이 발견했을 때 그녀의 소지품은 '에이즈에 걸렸습니다. 부검하지 말아 주세요.'라는 쪽지 하나뿐이었다.

'에이즈에 걸려 비관해서 자살.'

그 당시에는 흔하게 있던 일이었고, 그녀는 신분증이 없어서 사진만 찍고 에이즈 환자라는 특성상 부검도 하지 않고 그대로 이곳에 묻혔다.

"크허허허."

결국 울음을 참지 못하는 루이 에덤스.

본인의 이름이 아닌 신원 미상 여성을 뜻하는 제인 도라는 이름을 달고 누나가 누워 있는 그 자리에서, 그는 오열할 수밖에 없었다.

"비켜 드리지."

송정한은 그런 그를 바라보다가 노형진을 툭 쳤다.

노형진은 고개를 끄덕거리고 좀 떨어진 곳으로 나왔다.

경호원들 역시 루이 에덤스를 잠깐 안타까운 눈으로 바라보고 다시 경호에 집중했다.

"어찌 알았나?"

좀 떨어진 곳에서 담배를 문 송정한은 길게 허공으로 담배 연기를 내뿜으며 말했다.

"뭘요?"

"에이즈 말일세. 우리는 전혀 예상도 못 했는데."

FBI도 범죄만 의심했지 이런 건 예상하지 못했다.

"뭐, 직업병에서 벗어나서 본 거죠."

"직업병이라……."

"모든 사건이 다 살인이나 납치로 연결되는 건 아니니까요."

그녀에게 범죄는 없었다.

그저 가족을 위한 희생이 있었을 뿐이다.

"일단 의심이 들자 신원 미상 사망자를 찾아보는 건 어려운 일이 아니었습니다."

사진 기록을 몇 시간이나 뒤진 끝에 그 안에서 그녀의 사진을 찾을 수 있었다.

"이제는 그녀도 이름을 찾았군요."

"다행히도 말이지."

송정한은 떨떠름한 표정으로 말했다.

"살아서 만난다는 극적인 기적은 없었군."

"그런 기적이 있으면 얼마나 좋겠습니까?"

송정한은 그저 허공으로 담배 연기를 흘려보낼 뿐이었다.

범죄 조직은 범죄 조직일 뿐이다

　신동우와 신동성의 싸움은 말 그대로 극단으로 치닫고 있었다.

　신동성은 싸움 준비가 끝나지 않은 상황에서 발각되는 바람에 증거를 감출 수가 없었고, 신동우는 만만하게 보던 신동성이 그렇게 치밀하게 배신을 준비하고 있었다는 사실에 놀라서 그냥 둘 수가 없었다.

　더군다나 대동의 신강수 회장 역시 둘째 아들이 자신을 묻어 버릴 생각을 하고 있었다는 사실에 놀라서 정신을 못 차렸다.

　결국 신동우와 신강수 회장이 손잡고 신동성과 싸우는 형태로 구조가 잡혀 버렸다.

"그런데 신동우가 밀린다고요? 허! 도대체 신동성은 얼마나 준비를 한 겁니까?"

신동성이 유리할 거라 생각은 했다.

노형진은 이미 회귀 전 역사를 알고 있었으니까.

하지만 이번에는 자신 때문에 생각보다 일이 빨리 터져서, 그래도 비슷하기는 할 거라 생각했다.

"신동성이 생각보다 준비를 철저하게 한 모양이야. 자네 말이 맞았네. 우리가 신동성에게 들러붙었으면 아무런 이득도 없이 밀려났을 거야."

원래 유민택의 계획은 신동성에게 붙어서 신동우를 몰아내는 것이었다.

하지만 뚜껑을 열어 보니 신동성이 불리한 게 아니라 아예 자신들이란 존재 자체가 필요 없는 수준이었다.

"덕분에 한국에 대한 대동의 압력은 훨씬 줄어들었네. 문제는 그게 오래가지 않을 거라는 거지."

"신동성이 이길 거라 생각하시는군요."

"그래, 맞아."

신동우는 다급하게 한국 대동의 자금과 중국 대동의 자금까지 모조리 끌어다 쓰고 있었지만, 이미 신동성이 신동우가 신경 쓰지 않는 사이에 일본 본사뿐만 아니라 동남아까지 집어삼킨 후였다.

"두 시장은 확실하게 다르지."

"확실하게 다르죠."

한국과 중국 시장은 크기는 하지만 아직 완전히 자리 잡지 못했다.

그에 반해 동남아는 작기는 하지만 확실하게 자리를 잡은 시장이다.

동원할 수 있는 자금력에서 게임이 되지를 않는다.

"거기에다 한국과 중국은 미묘하게 일본에 적대적이지 않나."

"그렇지요."

물론 그건 동남아도 마찬가지다.

식민지 시절을 겪었던 국가들이 일본에 우호적이기는 힘드니까.

"문제는 대체를 할 수 있느냐 없느냐죠."

동남아는 거대한 기업이 상대적으로 적다.

기술력도 부족하고.

그래서 해외 기업들의 물건을 선호하고, 결국은 다 수입품이다.

"하지만 한국과 중국은 다르죠."

한국은 이미 기술력이 입증된 자국 내 기업이 있고, 중국 역시 한때 중국산이라고 무시받았을지언정 지금은 무서운 속도로 성장하는 중이다.

그렇다 보니 자리 잡기가 쉽지 않다.

"그래서 걱정이야. 아무래도 싸움이 생각보다 훨씬 금방 끝날 것 같단 말일세."

"그 정도입니까?"

유민택의 말을 들으며 신동성의 상황을 되짚어 보던 노형진은 돌연 곤혹스러워졌다.

계획대로 굴러가기 위해서는 그들이 서로 싸우면서 상잔을 해야 한다.

그런데 신동성이 압도적인 상황이라니.

"그래서 자네를 불렀네. 어떻게 보면 자네가 이번 일의 책임자거든."

"네? 어째서요?"

"자네가 신동우에게 엿을 먹인 게 한두 번인가?"

"그게 무슨…… 아……."

노형진은 그제야 왜 생각보다 신동성의 세력이 강해졌는지 알아차렸다.

'이건 뭐 나비의 날갯짓이 태풍이 된 격이잖아?'

분명 노형진은 신동우와 싸우기 위해 그에게 엿을 먹였다.

그 과정에서 신동우는 돈도 날리고 세력도 상당수 잃어버렸다.

그런데 그렇게 연전연패하는 신동우를 보고, 눈치를 보던 사람들이 그의 무능을 핑계로 신동성 쪽으로 세력을 바꾼 것이 분명했다.

'그러니 생각보다 신동성의 세력이 훨씬 강해질 수밖에.'

노형진의 승리가 생각지도 못하게 신동성에게 힘을 실어 준 것이다.

"당혹스럽네요."

자신의 계획을 망가트린 사람이 정작 자신이라니.

노형진은 당혹감에 입술을 깨물었다.

"일단 중요한 건 지금 판을 바꿔야 한다는 거야. 최소한 흐름이라도 바꿔야 해. 그러지 않으면 신동우가 완전히 밀리게 생겼어."

"으음⋯⋯."

노형진은 턱을 문지르면서 고민에 빠졌다.

자신 때문에 문제가 생긴 것은 알 것 같다.

그런데 이 문제를 어떻게 풀어야 할지 도무지 답이 안 보였다.

"일본에 직접적으로 제가 힘을 투사하는 건 무리일 테지요."

"그건 노형진이 아니라 미다스와 마이스터의 힘이겠지. 그리고 그들과 싸워서 신동성이 진다면 그건 그다지 창피한 게 아닐 걸세."

"하긴, 그렇겠네요."

신동우가 일개 변호사에게 진 것과 신동성이 미다스에게 진 것은 느낌이 전혀 다르다.

실제로는 동일 인물이지만, 그걸 증명할 수는 없는 노릇 아닌가?

"어찌 되었건 무게 추를 좀 맞춰 줘야 그들이 상잔을 하게 될 텐데 말이지."

그 무게 추를 맞춰 줄 수 있는 존재가 다름 아닌 신동하.

그런데 신동하는 아직 무게감을 가지고 있지 못하다.

"우리가 신동하에게 뭔가 하게 하기에는 힘이 부족하네. 그래서 자네에게 부탁하는 거야. 방법이 없을까 하고 말이야."

"신동하에게 힘을 실어 주면서 신동성에게 엿을 먹이는 방법이 필요한 거군요."

"그래."

"쉽지 않네요."

대동 전부도 아닌, 신동성에 한정해서 피해를 줘야 한다.

그래야 신동우가 좀 더 싸우기 유리하니까.

"더군다나 알게 모르게 신동하는 대동에서 무시당하고 있으니까."

그런 그에게 신동성이 한 방 먹으면, 어쩌면 노형진이라는 변호사에게 한 방 먹은 신동우보다 더 무능해 보일 수도 있다.

"어떤 부분에서 엿을 먹일지가 관건이네요."

일단 신동성이 관리하는 부분을 공격해야 하는데, 신동하가 현재 관리하는 쪽은 엔터테인먼트 쪽뿐이다.

"대동 내부에 엔터테인먼트 계열은 이제 없지."

유일하게 남아 있던 곳을 신동하가 가지고 왔으니까.

"어쩐다."

노형진은 입술을 깨물었다.

아직 힘이 부족한 상황에서, 신동하라는 카드를 써먹기에도 자리가 영 좋지 않다.

"시간이 없겠지요?"

"지금 상황에서 6개월이면 신동우가 밀릴 거라 판단하고 있네."

고작 6개월.

'회귀 전과 거의 비슷한 수준이잖아?'

아니, 그때는 3개월 만에 밀렸으니 좀 더 버티는 것이기는 하다.

'신동성…… 신동성…….'

노형진은 입술을 깨물었다.

'신동우를 돕고 신동성을 꺾고 신동하를 도울 수 있는…….'

문득 노형진의 머릿속을 스치고 지나가는 기억이 있었다.

"그러고 보니 김화자는 뭐 한답니까?"

"뭐?"

유민택은 눈을 찡그렸다.

김화자. 그의 전 아내이자 철천지원수다.

여기서 갑자기 그녀의 이름이 왜 나온단 말인가?

"그년은 왜?"

"아니, 제 기억이 맞는다면 말입니다. 그 여자, 대동이 한국에 성화와 함께 진출하는 징표 같은 걸로, 대동의 대표인 신강수와 결혼한다고 발표하지 않았던가요?"

"그랬지."

유민택은 분노에 찬 눈빛으로 말했다.

상황이 불리해진 성화는 대동과 손잡고 집안의 여자를 보내려고 했는데, 그녀는 노형진의 도움을 받아서 도망가 버렸다.

그러자 다른 관계의 증명이 필요했고, 그게 바로 유민택과 이혼한 상태였던 김화자였다.

4세대와는 무리지만, 3세대인 신강수와는 가능하니까.

"그런데 그 이후에 들어 본 적이 없네요."

다른 자들은 다 망해서 잡혀가거나 감옥에 갔다.

그런데 정작 김화자에 대해서는 들은 게 없었다.

"신강수와 결혼을 하지 못했네요, 발표와 다르게?"

"성화가 망했으니까. 본처가 이혼을 해 주지 않았고."

"본처라……. 그렇군요. 본처가 아마 신동하의 어머니겠지요?"

신동하의 어머니는 현재 남편과 별거 중이다.

그녀가 이혼에 동의해 주지 않아서 결국 이혼소송까지 냈지만, 그 재판에서 신강수가 지면서 재혼은 물 건너갔다고 한다.

"그러면 김화자는?"

"어디 동남아에서 남은 돈으로 근근이 먹고산다고만 들었네. 일단 수배가 떨어진 상황이라 뭘 하지는 못하는 모양이야."

"남은 돈이라······."

노형진은 피식 웃었다.

부자가 망해도 3년은 간다는 말이 그냥 생긴 게 아니기 때문이다.

한국 재벌의 행태를 생각하면 남은 돈이 절대 적지는 않을 것이다.

당장 한국에서 수배가 떨어져 있다면 동남아와는 범죄인 인도 조약이 되어 있어서 데리고 들어올 수 있는데, 유민택이 알 정도인데도 체포가 안 된다는 게 그 증거다.

"한국으로는 못 들어오겠군요."

"그랬다가는 내 손에 죽을 걸 아니까."

유민택이 그녀를 용서해 주고 싶어서 놔둔 게 아니다.

그녀가 원수인 걸 다들 아니까, 그녀에게 뭔 일이 터지면 자신이 가장 먼저 의심받기 때문에 놔둔 것뿐이다.

하지만 뭐든 해 보겠다고 한국에 들어온다면 그때는 이야기가 달라진다.

"일단 그렇다는 거군요."

"그래. 그런데 그 이야기는 왜 꺼낸 건가? 뭐라도 방법이 있을까 해서?"

"그건 아니고. 신동하의 어머니가 남편과 별거 중이라는 이야기가 생각나서요."

"그건 그렇지. 쉬쉬하기는 하지만 말이지."

"쉬쉬해요?"

"이혼까지 하면 재산 한 푼 못 받고 쫓겨날 걸 아니까 절대 이혼을 해 주지 않으려고 한다더군."

"뉴스에서는 안 나오던데요?"

"일본 뉴스야 뭐 뻔하지 않나?"

"하긴, 그건 그러네요."

한국의 언론도 어용 뉴스지만 일본의 언론은 더 심하다.

한국 언론이 그들과 손잡고 불리한 뉴스를 감추는 형태를 선택하며 이득을 나눈다면, 일본의 언론은 아예 권력의 시종이라고 볼 수 있다.

그래서 정치인이나 경제인에 대한 부정적인 뉴스는 전혀 나가지 않는다.

"일본이라……."

노형진은 곰곰이 생각에 잠겼다.

신동하라는 존재를 이용해서 공격을 해야 한다.

그런데 정작 신동하는 힘이 없다.

'가장 중요한 것은 신동성의 힘을 빼는 건데 말이지.'

문제는 신동하의 힘은 현재는 기본적으로 문화 쪽, 그것도 엔터테인먼트 쪽에만 한정되어 있다는 것이다.

'그에 반해 신동성의 힘은 전반적이지.'

물론 그건 신동우도 마찬가지이겠지만, 파워 게임에서 신동우를 돈이나 파워로 밀어주는 것은 불가능하다.

"신동우의 힘을 키워 줄 방법은 없나?"

"힘들죠. 그렇게 단시간 내에 실적이 나오는 것도 아니고. 기본적으로 신동우는 한국과 중국에 대한 공략에 힘썼습니다. 그의 힘이 커진다는 건 한국 시장이 그에게 넘어간다는 뜻이죠."

"여러모로 곤란하군."

유민택도 생각지도 못한 상황이 머리가 아픈 듯 고개를 절레절레 흔들었다.

노형진은 그 말을 듣고 있다가 문득 머리 아픈 게 또 있을 거라는 생각이 들었다.

"그러고 보니 이상하군요."

"응?"

"신동성 말입니다. 지금까지 가면을 잘 써 왔지 않습니까?"

"그렇지."

"그런데 용케 안 걸리고 이 모든 걸 짰네요? 신기할 정도로 말입니다."

"무슨 의미인가?"

"아니, 그는 신동우와 신강수를 속이기 위해 가면을 썼습니다. 그런데 왜 다른 사람들은 그걸 몰랐을까요?"

노형진의 말에 순간 유민택의 얼굴이 굳었다.

그러고 보니 그랬다.

신동성은 철저하게 가면을 쓰고 살아왔다.

신동우와 신강수는 그가 다혈질이고 유능하지 않다고 생각해 왔고.

　　"그런데 왜 다른 사람들이 그를 선택했을까요?"

　　"그러고 보니 이상하군. 가면을 썼다는 것만 생각했지 다른 사람의 눈을 그다지 신경 쓰지 않았다는 건 생각하지 못했어."

　　그 가면은 신동우와 신강수의 눈에만 보인 게 아니다.

　　다른 사람들의 눈에도 그 가면은 보였을 것이다.

　　그런데 어째서 그들은 신동성을 골랐을까?

　　"제가 알고 있는 일본의 기본적인 문화는 다혈질이라는 성격이 그다지 포용되지 않는 특성이 강하지요."

　　남과 다르다는 것, 남에게 폐를 끼치는 것을 병적으로 싫어하는 것이 바로 일본이라는 사회다.

　　그런데 신동성의 외부적 성격은 그 두 가지에 딱 맞는다.

　　"가면을 쓰고 생활해서 능력이 있고 음험한 인간이라고만 생각했지, 외부에서 그 가면이 마이너스라는 건 생각하지 못했군."

　　"네, 거기에다 이상한 점이 하나 더 있습니다."

　　"더 있다니?"

　　"결국 재벌가의 파워 게임이라는 것은 내부에서 더 많은 사람들이 지지해 주는 것을 뜻하지요."

　　유민택은 고개를 끄덕거렸다.

자신만 해도 지금 자신을 밀어주는 가문이 손을 떼어 버리면 경영권을 지킬 수 있을지 확실하지 않다.

우호 지분의 중요성은 이루 말로 할 수 없다.

"그런데?"

"그런 성격의 신동성이 접촉해 왔습니다. 과연 그걸 왜 아무도 보고하지 않았을까요?"

유민택의 얼굴이 딱딱하게 굳었다.

"그렇군. 이득이 아무리 좋다고 해도 의리를 선택하는 사람이 있기 마련이지."

지난번에도 그랬다.

전자연합이 대동의 공격을 받을 때, 이득은 압도적으로 대동에 붙는 쪽이 유리했다.

그럼에도 일부가 보고해서, 대룡과 노형진이 방어를 할 수 있었다.

그들은 눈앞에 있는 이득보다는 의리를 선택한 것이다.

"단 한 명만 보고했어도 상황이 달라졌을 텐데요."

그러면 신동우는 신동성을 경계하며 주변을 조사했을 테고, 쿠데타는 벌어지지 않았어야 한다.

"쿠데타의 기본은 보안이지."

한 명만 배신해도 모든 것이 물 건너가기 때문이다.

하물며 기업 내부의 반란이라면 더더욱 관련자가 많을 수밖에 없다.

"그리고 그걸 위해서는 자금이 필요합니다. 충분한 자금이 없으면 아무리 신동성이라고 해도 회유를 할 수가 없지요."

그가 벌어들이는 돈?

그걸로는 부족하다. 그건 기본적으로 알려진 돈이니까.

물론 빼돌리는 돈도 있겠지만, 그건 신동우도 마찬가지다.

"하지만 그런 게 가능한 조직이 뭐가 있단 말인가? 그런 게 가능한 조직이라면 그럴 필요가 없는 규모일 텐데?"

노형진은 살짝 눈을 찡그렸다.

그게 가능한 조직이 한 곳 있다.

"딱 그런 걸 위한 조직이 있지요."

"어디 말인가?"

"야쿠자죠."

유민택 역시 사정없이 얼굴이 일그러질 수밖에 없었다.

"요로치구미더군요."

"요로치구미요?"

"요로치구미는 일본에서 서열 2위입니다. 전국적으로 유명한 곳이죠. 미안하지만 우리가 싸울 만한 상대가 아닙니다."

노형진은 야쿠자와 같이 일하는 경우가 많다.

하지만 야쿠자라는 단어는 일본의 조폭을 의미할 뿐, 한

계파를 뜻하는 것은 아니다.

한국으로 치면 조직폭력배라는 의미니까.

그래서 노형진은 그들에게 혹시 아는 게 있는지 확인해 달라고 부탁했고, 오래 걸리지 않아서 신동성이 손잡고 있는 조직이 어느 곳인지 알 수 있었다.

"우리 얀지구미와는 질적으로 차이가 납니다."

얀지구미.

노형진이 손잡은 야쿠자로, 야쿠자 계파에서는 그나마 깨끗하다고 하는 곳.

'뭐, 깨끗도 나름이지만.'

엄밀하게 말하면 큰 건수들, 그러니까 마약 같은 것은 감당하기에는 위험하기 때문에 안 한다.

보통 그런 것에 손대는 곳은 큰 곳이기에 잘못 진입하면 학살당할 테니까.

"서열 2위라……. 그 정도 되는 조직이 이런 일까지 하다니. 그렇게 사정이 안 좋습니까?"

"저희가 왜 형진 상과 손잡았겠습니까?"

얀지구미에서 나온 남자는 살짝 미소를 지었다.

"폭대법 이후로 야쿠자들의 상황은 그다지 좋지 못합니다."

"그래요? 전혀 몰랐습니다."

하긴, 생각해 보면 이상한 일이다.

야쿠자가 한국의 변호사인 노형진과 손잡고 가해자들을

데려가서 강제 노역을 시킨다는 게 말이다.

그런데 이야기를 들어 보니 상황이 무척이나 안 좋은 모양이었다.

"그 정도인 줄은 몰랐는데요. 대중매체에서는 그렇게 안 보이던데요."

"한국의 조폭 영화들도 마찬가지지요."

"아아."

"거기에다가 야쿠자들은 폼으로 죽고 삽니다. 만일 자신들의 열악한 환경을 그대로 그리면 보복을 서슴지 않지요."

힘이 없다고는 하지만 그건 정부 대상으로 그런 거고, 민간인 한두 명 죽여 없애는 것은 어려운 일이 아니다.

"상위 세 개 조직은 정부와 손잡고 그들을 좌지우지할 수 있는 힘이 있지만, 그 아래 조직은 생존 자체가 심각하게 타격을 입고 있습니다. 많은 조직이 양성화를 선택하는 이유 중 하나죠."

"흠."

노형진은 턱을 문질렀다.

요로치구미는 서열 2위라고 했다.

그 말은 정부를 좌지우지할 힘이 있다는 뜻이다.

"그런데 어째서 대동에까지 손을 대는 겁니까? 이해가 안 가는데."

"권력의 비대칭성 때문이지요."

"권력의 비대칭성이라……. 무슨 뜻인지 알겠습니다. 정치인들과의 선은 그대로지만 힘이 부족해졌다 이거군요."

"네."

권력이라는 것은 한 명이 강해지면 한 명은 약해질 수밖에 없다.

파이가 커지는 게 아니라, 철저하게 가진 파이를 누가 더 먹느냐의 문제다.

"맞습니다. 폭력단 대책법 이후의 현상이죠. 노 변호사님도 아실 텐데요?"

"그냥 감만 잡았지요."

일본 조폭과 엮일 일이 없었으니까.

"쉽게 표현하면 이런 거죠."

과거에는 이 돈을 줄 테니 사건을 무마하라는 식의 강압이었지만, 지금은 이 돈을 드릴 테니 제발 무마해 달라는 정도로 파워가 약해졌다는 것이다.

'그 차이는 어마어마하지.'

양쪽 다 사건을 덮을 수야 있겠지만, 결과적으로 보면 이제는 갑의 위상이 정치권으로 넘어갔다는 소리나 마찬가지다.

"애초에 폭대법 자체가 야쿠자의 힘을 빼기 위한 법이었으니까요."

"흠, 무슨 뜻인지 알겠습니다."

공식적으로 폭대법의 목적은 야쿠자들을 박멸하는 것이다.

그런데 야쿠자들은 여전히 존재한다.

한국에 조폭을 때려잡기 위한 법이 있지만 조폭들이 여전히 존재하듯이 말이다.

'결국 힘을 빼 놓고 쓰기 좋게 만들겠다 이거군.'

노형진은 머리를 긁적거렸다.

이런 경우 갑이 된 자들이 을이 된 자들에게 무리한 요구를 하기 시작하는 것은 당연한 일이다.

거기에다 일본의 정치인들은 세습이 바탕이 된다.

그렇다 보니 정치적인 신념이나 올바름도 없을뿐더러 당연히 정의심 같은 것도 없다.

그냥 세습으로 자리를 지키는 귀족 같은 느낌이랄까?

'그러니 거리낌 없이 무리한 요구를 할 테고.'

야쿠자들이 그 상황을 벗어나기 위해서는 두 가지를 동시에 해결해야 한다.

양성화를 함과 동시에 돈이 나올 구멍을 만드는 것.

"요로치구미 정도의 규모가 되면 양성화하는 게 쉽지 않습니다. 공식적으로 속한 야쿠자만 3만 명 이상이니까요."

인정받는 패밀리만 3만 명.

그리고 그 아래에서 기생하는 인정받지 못한 양아치들까지 합하면 10만 이상의 조직.

"대동 정도가 아니면 양성화를 할 수도 없겠네요."

물론 그들이 기업을 세울 수도 있다.

'하지만 야쿠자라는 조직이 그게 가능할 리 없지.'

당장 한국에서 조폭들이 양성화하면 회사를 만들어 주는 것도 노형진이고, 그 경영을 조언하는 것도 노형진이다.

스스로 기업을 세우고 키울 수 있는 능력이 안 된다.

"그리고 장기적으로는 경기가 살아나면 더더욱 축소될 겁니다."

"그걸 어떻게?"

노형진은 움찔했다.

남자는 살짝 미소를 지었다.

"야쿠자라고 해서 다 무식한 건 아닙니다. 저만 해도 도쿄대를 나온 사람입니다."

"네?"

노형진은 깜짝 놀랐다.

자신과 이야기를 하러 온다고 해서 아예 무식한 사람은 아닐 거라 생각했지만 그래도 도쿄대라니?

"도쿄대를 나왔는데 야쿠자를 하신다고요? 아니, 무시하는 건 아니지만⋯⋯."

한국으로 치면 '한국대를 나와서 조폭 합니다.'랑 똑같은 말이 아닌가?

아니, 세계 학교 서열로만 따지면 한국대보다 더 높은 곳이 도쿄대다.

그런데 야쿠자라니?

"잘 모르시겠군요. 야쿠자의 70~80%는 재일 교포와 부라쿠민입니다."

"재일 교포와 부라쿠민요?"

"네, 저만 해도 부라쿠민이지요."

"아……."

노형진은 아차 싶었다.

부라쿠민.

일본에서 인정하지 않는 천민. 불가촉천민.

도쿄대를 나왔다고 해도 그가 갈 만한 곳은 없다.

그가 부라쿠민이라는 사실이 드러나면 회사에서 해직시켜 버리니까.

설사 해직당하지 않는다고 해도 최소한 왕따당하고, 최악의 경우 그 아래에서 일하던 사람들이 모조리 그만둔다.

"도쿄대라는 타이틀을 따면 그 신세에서 벗어날 수 있을 줄 알았는데 높은 곳은 차별이 더하더군요."

씁쓸하게 웃는 남자.

'쩝.'

재일 한국인에 대한 대우도 사실상 부라쿠민과 별반 다르지 않다고 했다.

"관광하러 와서는 그런 거 못 느꼈는데요."

"한국인은 한국에서 온 외국인입니다. 관광객이지요. 하지만 재일 교포는 일본인이면서 한국의 핏줄을 가진 자들이지요. 그 둘은 엄연하게 다릅니다. 한국인은 돈을 쓰고 가는 존재지만 재일 교포는 바퀴벌레 취급당합니다. 하지만 경기가 조금씩 나아지면서 그마저도 사라지고 있죠."

"무슨 뜻인지 알겠습니다."

노형진은 고개를 끄덕거렸다.

일본은 30년 장기 침체를 겪었다.

하지만 경기가 살아나면서 도리어 지금은 인력이 부족해서 난리다.

과거에는 일자리가 모자라 일본인들이 부라쿠민과 재일 교포를 무시했지만, 지금은 그들이 다 나와서 일해도 일할 사람을 구하는 게 쉽지 않다.

그러니 야쿠자로 흘러들어 오려고 하는 사람들이 거의 없다.

"공식적으로 현재 야쿠자의 70% 이상이 40대 이상입니다."

즉, 야쿠자라는 조직 자체가 늙어 가고 있다는 의미다.

40대 이상이라고 표현했다 뿐이지 그 안에 실질적 전력으로 삼을 수 있는 사람은 많지 않을 것이다.

50대 이상도 상당수 있을 테니까.

"그래서 대동과, 아니 신동성과 손잡은 거군요."

신동성은 요로치구미의 힘으로 대동의 황제가 되고 그 힘으로 요로치구미를 양성화시킨다.

그리고 요로치구미는 근본을 일본에서 한국으로 옮기면서 규모를 키운다.

'아주 끼리끼리 잘 만났군.'

노형진은 긴 한숨을 쉬었다.

"그러면 요로치구미를 막을 수 있는 방법이 있나요?"

"있을 리 없죠. 저희랑 비교하면 몇 배나 차이가 나는데요."

어깨를 으쓱하는 남자.

하긴, 서열 2위와 7위의 차이는 어마어마할 것이다.

"얀지구미가 들어갈 가능성은?"

"불가능합니다. 요로치구미 정도나 되어야 협박이 제대로 먹힙니다."

"네?"

"우리가 다수의 사람을 죽이면 문제가 될 수밖에 없습니다."

"큭."

하지만 요로치구미는 아무리 세력이 줄었다고 해도 2위급 규모다.

그러니까 몇 명 죽여도 충분히 덮을 수 있다는 소리다.

"결국 요로치구미를 빼기 위해서는 내부에서 힘을 빼야 한다는 건데……."

그게 가능했다면 벌써 야쿠자들이 사라졌을 것이다.

그들이 외부적인 모습은 충과 의리다.

그러니 내부에서 배신을 할 가능성은 그다지 높지 않다.

"누가 그들과 전쟁을 해 주지 않으려나요?"

"그들과 전쟁을 하려고 하는 사람들이 누가 있겠습니까?

아무리 그래도 세력이 안되는데."

"그렇지요. 다른 조직은 세력이 안되는……."

말을 하던 노형진의 머릿속에 문득 한 가지 생각이 스쳤다.

아까 전에 남자가 했던 말, 야쿠자의 주요 멤버에 대한 정보.

'그러고 보니 숫자가 제일 많은 사람들이 빠진 것 같은데?'

야쿠자에 속한 사람들, 그들의 대다수는 부라쿠민과 재일 교포이지만 일본에는 그들을 수적으로 압도하는 사람들이 있다.

그런데 왜 그 사람들의 이야기는 나오지 않았을까?

"그러면 중국인들은요?"

"네?"

"중국인 말입니다. 중국인 야쿠자들은 없는 건가요?"

어마어마한 인구를 바탕으로 밀려오는 중국인들.

그건 한국뿐만 아니라 일본도 마찬가지다.

아니, 일본은 더하다. 한국은 단순히 돈을 아끼기 위해 그들을 쓰지만, 일본은 한국보다 돈도 더 많이 주는 데다가 사람 자체가 필요하기 때문이다.

"중국인들은 기본적으로 야쿠자에 들어오지 않습니다. 삼합회에 들어가지."

"에? 잠깐만요? 삼합회요? 일본에서요?"

"네, 일본에서요. 안 그래도 야쿠자들이 힘이 빠지고 그 자리에 삼합회가 들어가고 있어서 문제가 심각합니다."

노형진은 머리가 팽팽 돌아가기 시작했다.

"자세한 이야기를 들어 볼 수 있을까요?"

"야쿠자는 조직의 문제가 되어 가고 있는 거죠."

지역별로 야쿠자라는 세력이 토착화되고 나이가 들어 가면서 소위 말하는 항쟁이라는 것은 거의 사라졌다.

특히나 폭대법의 기본 방식이 무슨 일이 저질러지든 그 책임은 무조건 보스가 진다는 식이기 때문에, 단순한 폭행이나 살인이 아닌 항쟁이 터지면 일본 경찰이 야쿠자의 오야붕까지 싸그리 잡아들이게 된다.

"야쿠자들은 그래서 개별적 살인이나 협박, 폭행은 해도 대대적인 전쟁을 하지는 못합니다. 개별적 살인이나 협박, 폭행은 우리 명령이 아니라 개인의 독단이라고 눈 가리고 아웅 할 수는 있지만 항쟁은 그게 불가능하니까요. 실제로 그런 일이 있으면 일단 그걸 실행할 사람을 조직에서 내보내는 것이 일반적입니다. 그리고 일을 저지르게 하죠. 하지만 중국은 아니죠. 일단 시설이 다르니까."

"아아."

노형진은 무슨 뜻인지 알았다.

한국도 똑같은 문제를 겪고 있으니까.

"중국의 감옥은 열악하죠."

일단 범인으로 의심되면 개 패듯이 패고 수사 과정에서 폭행이 수반되는 것이 당연한 중국이다.

더군다나 중국 감옥은 살아서 나오기 힘들 정도로 열악한 데다가, 살인 같은 경우는 거의 100% 사형이 이루어진다.

　"하지만 일본은 아니죠."

　일본은 사형도 없고 처벌도 약하고, 감옥도 어떻게 보면 조폭들의 합숙소보다 훨씬 안락하다.

　한국도 그러한 문제 때문에 중국인들이 세상 무서운 것 없이 사람을 죽이고 때려서 골치인데, 더 좋은 환경인 일본 감옥을 삼합회 같은 중국인들이 무서워할 리 없다.

　노형진의 눈이 반짝거렸다.

　"그러니까 지금 일본에서 삼합회의 세력이 커졌다는 건가요?"

　"엄청요. 물론 대대적으로 전면전을 할 수준은 안 됩니다만."

　전면전을 할 수가 없다.

　아무리 둘 다 폭력 조직이라고 하지만 기본적으로 일본 정부는 야쿠자를 편들 수밖에 없으니까.

　"하지만 야쿠자들도 삼합회를 어찌하지 못하는 지경이 되어 버렸습니다."

　노형진의 입가에 씨익 미소가 어렸다.

　"그래요? 우후후."

　"왜 그러십니까?"

　"아니, 좋은 생각이 났습니다."

　노형진은 머릿속에서 번뜩이는 아이디어가 참으로 마음에 들었다.

이이제이

일본의 야쿠자가 막대한 자금을 세탁하고 조직을 양성화 시키기 위해 선택한 것이 바로 대동이었다.

그리고 그 첨병은 다름 아닌 둘째 아들 신동성.

"기가 차군."

한국으로 돌아온 노형진에게 보고를 받은 유민택은 혀를 끌끌 찰 수밖에 없었다.

어느 정도 예상은 했지만 그렇게 본격적으로 나설 거라고 는 생각도 못 했던 것이다.

"일반인들은 잘 모르지만 대부분의 세계적 범죄 조직은 양 성화 과정이 대세입니다. 그럴 수밖에 없죠."

"어째서 말인가?"

"일부 국가를 제외하고는 범죄 조직이라는 타이틀 자체가, 결국 돈은 많지만 권력을 가지지는 못하거든요."

음지에서 양지를 지향한다.

그건 국정원만의 이야기는 아니다.

모든 힘은 자신이 가지지 못한 부분을 메꾸려고 한다.

정치인의 최종적인 꿈은 재벌이고 재벌의 최종적인 꿈은 정치인이듯이 말이다.

"거기에다 일본은 폭대법의 영향으로 야쿠자의 권력이 많이 깎였죠. 아실 겁니다. 애초에 없었다면 모를까, 있다가 사라진 것에 대한 상실감이 얼마나 큰지."

없는 걸 가지는 건 꿈이지만 있던 걸 빼앗기는 건 상실이다.

그리고 그 충격은 어마어마하다.

"그래서 야쿠자들이 권력을 추구하기 위해 대동을 노린다는 건가?"

"정확하게는 요로치구미입니다만."

"하여간 그게 맞지 않나?"

"맞지요."

노형진은 고개를 끄덕거렸다.

"대동의 힘이면 권력에 쉽게 접근할 수 있습니다. 일본에서 정치인이 야쿠자를 만나는 건 문제가 되지만 기업인을 만나는 건 전혀 문제가 안 되니까요."

뇌물도 그렇다.

야쿠자가 주는 돈이라고 하면 의심스러운 돈이지만 기업의 정치 후원금이라고 하면 합법적인 돈이 된다.

"폭대법에서 벗어나기 위해 선택한 게 대동이라……."

"아마 그럴 겁니다."

"의외군. 야쿠자 중에 그렇게 머리 좋은 사람이 있나?"

"야쿠자의 문화 때문이죠."

노형진은 자신이 들었던 이야기를 그대로 해 줬다.

유민택은 머리를 부여잡았다.

"그러니까 힘이 있는 자들이 아니라 머리 좋은 자들이 그곳에 간다 이건가?"

"당연한 겁니다. 지금이 쌍팔년도도 아니고, 무슨 드라마나 영화 같은 세계는 아니니까요."

폭력 조직도 조직이고 그걸 이끌 사람이 있어야 한다.

주먹질해서 이기면 전 재산을 넘겨받고 형님 취급받는 세계 같은 건 존재한 적도 없었다.

"결국 신동성을 막기 위해서는 야쿠자가 그들에게서 손을 떼게 만들어야 한다는 건데."

"그건 불가능할 겁니다. 지금 떼라고 한들 그들이 뗄 리도 없고요."

"어쩐지 이상하더라니."

단순히 협박의 문제가 아니다.

모든 전쟁은 군수품이 지원되지 않으면 확정적으로 패배

한다.

신동성이 아무리 준비를 한다고 해도 기업의 전쟁에서 쓰는 총알, 그러니까 돈이 없으면 협박은 협박으로 끝날 뿐이다.

"그 돈이 야쿠자에게서 나왔다는 거군."

"야쿠자 입장에서는 기회죠."

적지 않은 돈이 들어가겠지만, 대동의 가치를 생각하면 아주 작은 돈이다.

그 돈으로 대동을 집어삼킬 수 있다면 해 볼 만하다.

"멍청한 놈."

유민택은 혀를 끌끌 찼다.

그럴 수밖에 없는 게, 기업을 이끌다 보면 그런 실수를 하는 놈들이 많기 때문이다.

당장 앞에 놓인 이득에 눈멀어서 손잡아서는 안 되는 자들과 손잡는 자들.

"어떻게 보면 당연한 겁니다. 아무리 야쿠자들이 힘이 빠졌다고 해도 일본에서 야쿠자의 도움 없이 회사를 경영할 수는 없으니까요."

"무슨 뜻인지 알겠네. 하지만 여전히 문제가 있어. 그들을 어떻게 막을 건가? 자네 말마따나 이제 와서 빠지라고 할 수도 없을 텐데."

그런다고 들을 자들도 아니고 말이다.

"이이제이라는 말, 들어 보셨습니까?"

"이이제이?"

"네, 오랑캐는 오랑캐의 힘으로 물리친다."

"일본에 오랑캐가 있다는 건가?"

고개를 갸웃하는 유민택.

노형진은 그런 그를 보면서 미소 지었다.

"있습니다. 물리칠 수는 없겠지만, 그들이 대동에 신경 쓰지 못하게 할 수는 있지요."

"무슨 뜻인가?"

"일본에 있는 삼합회를 이용하는 겁니다."

유민택의 얼굴에서 순식간에 핏기가 사라졌다.

그럴 수밖에 없는 게, 다른 곳도 아닌 삼합회다.

"자네, 농담하나?"

야쿠자라는 범죄 조직을 상대하는 것도 위험하다 못해서 목숨을 내걸어야 하는 일이다.

그런데 삼합회를 이용하자니.

"더군다나 삼합회는 야쿠자보다 더 질이 안 좋아."

야쿠자는 최소한 문명인으로서 선은 지킨다.

하지만 중국계 조직들이 그렇듯이, 삼합회는 아직도 자신들이 무슨 춘추전국시대의 무장인 것처럼 날뛴다.

"얼마 전에 뉴스도 못 봤나? 그치들 이 시대에 청룡언월도를 만들어서 휘두르고 다니는 놈들이야."

중국계 조직 하나를 중국의 공안이 털었는데 칼부터 활과

총, 심지어 청룡언월도까지 나왔다.

아주 대놓고 전쟁 준비를 하던 놈들이다.

"압니다. 그래서 우리는 피해자 포지션을 취해야 합니다."

"피해자 포지션?"

"네. 우리가 그들에게 야쿠자와 싸워 달라고 할 수는 없습니다. 하지만 그들을 야쿠자의 앞마당으로 이끌 수는 있겠지요."

"그게 무슨 말인가?"

"폭력 조직은 짐승들의 무리와 비슷합니다."

힘을 추구하고, 그 힘에 휘둘린다.

"그리고 짐승들이 가장 격하게 반응하는 것이 자신의 영역을 침범당했을 때지요."

"그래서?"

"야쿠자들의 앞마당에 삼합회를 드롭시켜 버리는 겁니다."

"미쳤군."

야쿠자들이 그런 삼합회를 두고 볼 수는 없다.

하지만 그렇다고 해서 그들을 건드릴 수도 없다.

"중국인들의 특성 아시죠?"

"몰려다니지."

"맞습니다. 특히 삼합회가 자리를 잡기 시작하면 더더욱 그러지요."

여기서 문제가 생긴다.

야쿠자들은 그곳에서 걷고 있는 보호비를 주요 수입원으

로 삼는다.

그런데 그건 삼합회도 마찬가지다.

두 조직이 동시에 보호비를 걷으면 그 지역 상권이 박살나는 것은 순식간이다.

"일본 경찰이 그들을 그냥 둘 리는 없고요. 사실 싸움이 시작되면 불리한 건 야쿠자죠."

"어째서?"

"그들은 일본인이니까요."

사고가 터져도 그들은 갈 곳이 없다.

나간다고 해도 결국은 해외 도피일 뿐이다.

그에 반해 삼합회는 중국인이다.

그들은 중국으로 돌아가면 된다.

나가서 살아야 한다는 것과 자기 집으로 돌아가는 것은 전혀 느낌도 다르고, 드는 돈도 어마어마하게 차이가 난다.

"더군다나 일본의 감옥 시설은 편하지요. 한국보다 더 좋습니다. 무슨 뜻인지 아시죠?"

"아아."

한국에서 중국인들이 서슴없이 범죄를 저지르는 이유.

그건 한국의 경찰이 중국의 공안과 다르기 때문이다.

일단 중국 공안에게 잡혀가면 폭행은 기본 옵션 같은 거고 가끔은 실종이라는 터무니없는 결말로 끝난다.

하지만 한국은 그런 게 전혀 없다.

"거기에다 감옥에 간다고 해도 처벌도 다르죠."

중국의 감옥이 거지 소굴이라면 한국의 감옥은 가정집 수준이다. 그리고 일본의 감옥은 4성급 모텔은 될 것이다.

그만큼 중국의 감옥은 열악하다.

거기에다 중국은 살인이 엮이면 무조건 총살이라고 봐야 하지만 한국과 일본은 거의 사형 폐지국으로 분류되며 그 처벌 역시 10년에서 15년 사이다.

"중국인들이 무서울 게 없다는 의미군."

"그렇습니다."

기업의 전쟁이 돈으로 이루어진다면 조폭은 칼이다.

"하지만 야쿠자의 칼은 무디어진 상황입니다. 그들이 자랑스럽게 여기는 암살에는 적당하지만, 전쟁터에서 싸우는 것은 문제가 있지요."

암살자가 활동하는 곳은 조용한 밤이지 전쟁터가 아니다.

도리어 전쟁터 한복판에 닌자복 입고 알짱거리면 가장 먼저 맞아 죽을 것이다.

"삼합회의 세력을 키워서 힘을 깎아먹는다. 하지만 삼합회가 좋은 조직은 아닌데."

"우리 땅 아닙니다."

노형진은 단호하게 선을 그었다.

일본은 한국이 아니다.

자신이 그들의 국민을 보호하기 위해 전략적 이득을 포기할 이유는 전혀 없다.

더군다나 현재 야쿠자와 삼합회는 둘 다 한국에 못 들어와서 안달이다.

그런 상황에서 그들의 모국의 국민이 고통받는다고 내버려 두면, 고통받는 것은 한국 국민이 될 것이다.

"무슨 뜻인지 알겠네. 하지면 어떻게 삼합회를 그 지역으로 끌어들인다는 건가? 들어가 달라고 한들, 그들이 들어가지는 않을 것 같은데. 결정적으로 시간이 너무 오래 걸려서 문제야. 당장 싸움이 벌어지고 있는데 이제 와서 삼합회가 들어간다고 해도 싸울 리도 없거니와, 그 정도 대립하려면 10년은 앙금이 생겨야 할 텐데?"

노형진은 씩 웃었다.

"뭐, 그건 다른 방법이 있습니다. 우리가 키워 놓은 신동하가 있지 않습니까?"

"신동하?"

유민택은 눈을 찌푸렸다.

이 상황에서 신동하라는 카드가 무슨 소용이 있는지 이해가 가지 않았기 때문이다.

"아직은 비밀입니다. 다른 곳하고 접촉해서 뭘 좀 알아봐야 하거든요."

"끄응……."

유민택은 더 곤혹스러운 얼굴이 되었다.

자신에게조차 비밀로 해야 하는 일이라니.

"자네가 하는 일이라니 믿겠네."

하지만 이내 고개를 끄덕거리는 유민택이었다.

다른 건 몰라도 노형진이 자신들에게 불리한 일은 하지 않을 테니까.

"그럼 거기에 어떻게 중국인들을 끌어들일 생각인지만 대충 알려 주게. 그냥 모여 달라고 한다고 모일 것 같지는 않은데."

고개를 갸웃하는 유민택에게 노형진은 자신이 있는 태도로 확실하게 말했다.

"중국인들이라면 영혼을 팔 정도로 좋은 아이템이 있지요, 후후후. 아마 삼합회라면 그걸 절대 그냥 넘어가지는 못할 겁니다. 그리고 그걸 놓치지 않을 곳이 한 곳 더 있지요, 후후후."

⚖

"마작 오락실이라……. 이건 뭐 생각도 못 했는데요?"

대룡의 일본 정보 관리 집단을 책임지고 있는 박 부장은 머리를 긁적거렸다.

마작. 중국인들의 국민 놀이.

"중국인들이 확실히 마작이라고 하면 환장하죠."

각국마다 좋게 말하면 국민 놀이, 대놓고 말하면 국민 도박이 있다.

한국은 화투, 일본은 파친코, 그리고 중국은 마작.

"일본은 도박 관련 법이 애매하거든요."

"하긴, 제가 맨 처음 일본에 왔을 때 도대체 왜 그렇게 파친코가 많은지 이해가 안 갔습니다."

"그게 문제죠, 하하하."

일본은 현장에서 현금을 주고받지 않으면 도박으로 보지 않는다.

그래서 파친코 업자들은 편법을 쓴다.

현장에서는 생활용품으로 주는 것이다.

물론 그건 도박이 아니다.

"괜히 편법이라고 하는 게 아니죠."

파친코 중에서 몇몇 곳은 생활용품이 아니라 기념품으로 대체하는데, 그 기념품을 근처 전당포에 가지고 가면 현금으로 바꿔 준다.

사실상 도박처럼 돈을 벌 수 있는 거다.

"한국은 그런 것까지 막혀 있지만 일본은 아니죠."

일본 특유의 우민화정책임과 동시에, 파친코는 일본 야쿠자들의 주요 수입원 중 하나이다 보니 그렇게 느슨한 법으로 이루어져 있는 것이다.

"그래서 마작 게임방을 차리신 거군요."

마작 게임방.

마작을 할 때 걸 수 있는 칩을 팔고, 게임이 끝나면 그 칩을 외부에서 돈으로 바꿀 수 있는 기념품으로 교환해 주는 시스템.

외부적으로는 판비를 받고 게임을 할 수 있게 해 주는 정도이지만 내부로 파고들면 명백하게 돈이 왔다 갔다 하는 것을 알 수 있다.

"원래 한국 도박판이 이런 식이죠. 배보다 배꼽이죠."

한국에서 도박판이 벌어지면 그 판을 빌려주는 사람도 적지 않은 돈을 번다.

판비를 따로 받는 데다가, 라면 하나 끓여 주는 데 만 원, 담배 하나에 만 원씩 팔아먹기 때문이다.

도박에 빠지면 손이 잘려도 발로 한다는 말처럼 밥 먹으러 나가는 시간도 아깝고 담배 사러 가는 시간도 아까워서 그들은 그 돈을 주고 그걸 사 먹는다.

오죽하면 샌드위치가 발명된 이유가 도박판에 빠진 귀족이 도박을 멈추지 않고 끼니를 해결하기 위해서였을 만큼, 도박에 빠진 사람은 다른 건 신경 쓰지 않는다.

"그런데 이런다고 삼합회가 들어올까요?"

"옵니다. 마작 판이 이렇게 커지면 중국인들이 몰려오거든요."

"중국인들이 다 삼합회는 아니지 않습니까?"

"하지만 그 안에 끄나풀은 있지요."

노형진은 미소 지으며 말했다.

"그리고 제가 왜 이 가게 주인을 중국인으로 했는데요."

아무것도 없이 진짜 운 좋게 성공한 중국인으로, 노형진은 사람을 고용해서 그의 이름을 빌려 꾸몄다.

물론 건물은 그의 것이 아니다.

건물은 정식으로 일본에 건물 임대업 회사를 차려서 그곳 명의로 구입했기 때문에 삼합회가 그걸 빼앗을 수는 없다.

"하지만 가게는 다르죠."

힘도 백도 없는 개인이 대박을 낸 마작 도박장.

삼합회의 특성을 생각하면, 군침을 흘리지 않으면 오히려 이상한 거다.

"우리가 손해 보는 건 홍보비와 실내디자인비 정도겠군요."

물론 작은 돈은 아니지만 대룡의 자금력을 생각하면 큰 타격은 아니다.

"그들에게 가게를 빼앗긴다면 우리는 피해자일 뿐이지요, 후후후."

노형진은 자신 있게 말했다.

"드디어 오픈 시간이군요."

노형진은 그렇게 말하면서 문을 살짝 열었다.

바깥을 내다본 박 부장은 혀를 내둘렀다.

"중국인이 이렇게 많았습니까?"

끝이 안 보이도록 서 있는 사람들.

그들은 하나같이 이쪽을 보고 있었다.

"전 세계에 중국인이 없는 나라는 없을 겁니다."

"틀린 말은 아니네요. 그런데 이런 가게 한두 개 가지고 견제가 될까요? 삼합회가 이런 걸 지키겠다고 야쿠자랑 싸울 것 같지는 않은데요."

노형진은 씩 웃었다.

"물론 한두 개는 아니죠."

"그러면요?"

"제가 노리는 건 그게 아닙니다, 후후후."

더 이상 대답하는 대신에 노형진은 문을 활짝 열었고, 곧 수많은 사람들이 미친 듯이 몰려왔다.

"어서 오십시오, 고객님!"

직원들의 깍듯한 인사를 받는 그들의 시선은 오로지 번호 표를 향해 있을 뿐이었다.

⚖️

요로치구미는 자신들의 구역에 생긴 몇 개의 마작 게임장이 영 거슬렸다.

"아주 떼돈을 벌어 모으고 있답니다."

"망할 놈들. 그런데 우리한테는 인사를 안 해?"

자신들의 주요 상권마다 하나씩 생기는 곳인데 정작 자신들에게 인사를 하지 않는다.

아니, 사실 그게 문제가 아니다.

마작 게임장이 생기자 자신들의 파친코가 되지를 않는다는 것이 문제다.

파친코는 혼자서 하는 게임이다.

그래서 남과 잘 어울리려고 하지 않는 일본인의 취향에 맞기는 하지만, 마작보다는 중독성이 약하다.

더군다나 중국보다는 못하지만 일본도 마작이 제법 유행한다.

그렇다 보니 돈이 되는 큰손들이 파친코가 아니라 마작으로 넘어가고 있는 것.

"그놈들을 어떻게 손보지?"

"가서 적당히 깽판을 칠까요?"

"그래. 몇 놈 보내서 흔들어 놔."

나름 장사가 잘되는 가게라고 하지만 결국은 혼자다.

야쿠자 몇 명 가서 흔들면 알아서 기게 되어 있다는 사실을 알고 있는 요로치구미에서는 크게 신경 쓰지 않았다.

애초에 자기들 급에 있어서는 그다지 문제가 되지 않았고 말이다.

결국 작은 구멍가게 수준이다.

전국 서열 2위의 요로치구미에 있어서 그런 건 전혀 문제가 되지 않았다.

"겁을 주면 알아서 길 거야."

사실 이 결정도 상부가 아니라 지역 중간 보스가 내린 결정일 뿐이었다.

이 정도는 위에 올라갈 가치도 없으니까.

하지만 이 결정으로 인해 상황이 전혀 엉뚱한 방향으로 흘러갈 거라는 것을, 그들은 생각도 하지 못했다.

⚖

"야쿠자가 찾아왔습니다."

얼굴이 시퍼렇게 물든 남자는 씁쓸하게 웃었다.

남자의 이름은 차우 쉔. 중국인으로, 시골에서 올라와서 성공한 남자였다.

공식적으로는 말이다.

"많이 맞았나요?"

"좀…… 많이요. 뭐 그렇게 걱정스러운 표정 하지 마십시오. CIA 요원 훈련 중에 이런 건 기본입니다, 기본. 하하하."

차우 쉔은 사실 중국인으로 되어 있는 CIA 요원이었다.

노형진은 과거의 인연으로 한 가지 도움을 청했고, 안 그래도 삼합회 내부에 스파이를 어떻게 넣어야 할지 고민하고 있던 CIA는 미끼를 덥석 물었다.

그리고 중국계 요원인 그를 파견해 주었다.

"저는 맞기 싫어서 CIA 요원은 하지 말아야겠네요."

"노형진 변호사님은 특채로도 가능하실 텐데 아쉽네요."

"사양하겠습니다. 그런데 뭐라고 하던가요?"

"상납금을 내라고 하더군요."

"예상대로군요."

"물론 안 내고 있습니다만. 삼합회에서는 언제 찾아올지 모르겠습니다."

차우 쉔은 머리를 긁적거리며 말했다.

자신을 확실하게 삼합회에 꽂아 준다고 했는데, 그 방법은 보안이라면서 위에서도 말해 주지 않았기 때문이다.

그걸 가지고 뭐라고 할 수는 없는 일이다.

스파이라는 것은 부부도 알아서는 안 되는 일투성이니까.

"삼합회를 끌어들인다고 했지 그들이 올 때까지 기다린다고는 하지 않았습니다."

"네?"

차우 쉔은 깜짝 놀랐다.

"그러면 어쩌시려고요?"

"자존심을 자극해야지요."

"자극요?"

"네, 차우 쉔 씨가 직접 가서 도움을 요청해야 합니다."

"그게 무슨……? 아하!"

그냥 그들이 욕심을 부리는 거라면 누구라도 상관없을 것이다.

하지만 노형진은 굳이 중국계 요원을 요구했다.

이유는 간단하다.

어떤 조직이든 스스로 들어가는 것과 빼앗기는 것은 전혀 다르니까.

"제가 그들에게 넘기는 건 단순한 가게가 아닙니다. 차우 쉔 씨라는 인재죠."

차우 쉔은 성공적으로 마작 가게를 열었다.

그리고 당연하게도 야쿠자는 그런 그의 가게에 보호비를 요구했다.

"그리고 차우 쉔은 삼합회에 도움을 요청하는 거죠."

폭력 조직은 자존심으로 먹고산다.

소위 말하는 가오를 추구하는 것은 어떤 조직이든 마찬가지.

"도움을 요청한 사람이 있는데 야쿠자가 무섭다고 거절하면, 그때는 사람들이 다 야쿠자에게 붙을 겁니다."

사세를 확장 중인 삼합회에 있어서 그건 치명적인 약점이 된다.

"그러니 차우 쉔 씨가 가서 도움을 요청하는 겁니다. 그 전에 소문을 좀 내고요."

"그런데 그런다고 해서 제가 그들의 핵심에 들어갈 수 있을까요?"

차우 쉔은 고개를 갸웃했다.

CIA가 노형진을 도와주는 조건 중 하나가 바로 차우 쉔을 핵심에 심는 것이었기 때문이다.

"들어가게 만들 겁니다. 차우 쉔 씨는 가서 도움만 청하시면 됩니다."

위험한 계획을 실행할 때는 섣불리 밝히면 안 된다.

그렇기에 일단 차우 쉔에게 그가 할 일만 시키는 노형진이었다.

"알겠습니다. 지금부터 소문을 내지요."

차우 쉔은 고개를 끄덕거렸고 노형진은 만족스러운 웃음을 지었다.

'자, 지금부터 흔들어 볼까?'

노형진은 눈을 반짝거렸다.

1타 3피

"마작 회사에 투자하라고요?"

신동하는 노형진의 말에 당황스러워서 되물었다.

자신은 엔터테인먼트 쪽에 손이 닿아 있다.

물론 우기자면 마작도 엔터테인먼트라고 할 수 있겠지만, 거리가 아주 먼 것은 사실이다.

"네."

"하지만 그곳은 요즘 소문이 안 좋던데."

떨떠름한 표정이 되는 신동하.

그럴 수밖에 없는 게, 요즘 안 좋은 소문이 도는 곳이기 때문이다.

야쿠자에게 찍혔다는 소문부터, 그 회사 사장이 삼합회에 도움을 요청했다는 소문까지.

"그 소문, 저희가 낸 겁니다."

"네?"

신동하는 깜짝 놀랐다.

보통 직접 소문을 낼 때는 좋은 소문을 낸다.

그런데 안 좋은 소문을 내다니?

"아니, 그러면 그게 가짜입니까?"

"아니요. 진짜입니다. 둘 다요."

"그러면 투자처로는 최악인데요?"

"투자처로는 최악이죠. 반대로 말하면 그렇기에 신동하 씨가 투자해야 한다는 겁니다. 아니, 신동하 씨의 이름으로 투자가 되어야 하지요."

"네? 그게 무슨 말씀이신지?"

"신동성이 야쿠자와 연계되어 있다는 거, 알고 계십니까?"

"네?"

움찔하는 신동하.

그러나 이내 잠깐 생각을 하더니 길게 한숨을 내쉬었다.

"뭐, 그럴 수도 있겠군요."

"아시는 게 있나요?"

"동성이 그 새끼가 다니던 술집이 야쿠자 계열이었거든요. 요로치구미였나? 저도 이쪽 업계에 들어와서 알았습니다만."

노형진은 속으로 혀를 끌끌 찼다.

'그렇게 연결된 거구먼.'

어디서 그들이 만난 건지 그건 추적하지 못했는데 술집에서 만났을 줄이야.

"그걸 어떻게 아신 겁니까?"

"요로치구미가 규모가 좀 됩니다. 그리고 아시다시피 이쪽 업계에는 야쿠자 힘이 들어간 기업이 많지요."

"아아."

한국에서도 과거에 그런 시절이 있었다.

아이돌로 활동시키려고 하다가 인기가 영 없으면, 폭력 조직 출신의 사장이 술집으로 돌려 버리는 것이다.

그런 곳은 아이돌 출신이라는 타이틀이 있으면 가격이 어마어마하게 뛰니까.

'그런 술집이었나 보군.'

생각해 보면 당연하다.

신동성쯤 되는 인간이 호프집에서 친구들과 치킨에 맥주한잔 들이켜면서 스트레스를 풀지는 않을 테니까.

"제가 이쪽 업계에 들어와서 들은 소문 중 하나였죠."

그 술집이 요로치구미의 가게라는 소문.

물론 그때는 그걸 안다고 해도 써먹을 곳은 없었지만.

"야쿠자와 신동성이 연결된 건 알겠습니다. 그런데 왜요?"

"아시다시피 대동의 내전의 문제는 자금이 아닙니다."

물론 자금도 중요하다.

하지만 자금력에서 본다면 사실상 신동우 쪽이 더 유리해야 정상이다.

현 상황에서 전통성은 그들에게 있으니까.

"지금 상황에서, 아래쪽에서 신동우가 밀리는 가장 큰 이유는 공포 때문이죠."

신동성이 야쿠자와 손잡았고 언제든 보복을 할 수 있다는 공포.

그게 신동성이 유리한 가장 큰 이유다.

그에 반해 신동우는 그 보복을 하는 데 한계가 있다.

"그건 그래요. 제가 듣기로는 위에서 명령이 떨어져도 아래에서 씹어 버린다고 하니까."

전쟁을 하는데 장군의 명령을 대대장이 씹는다고 생각해 보면, 이 상황에서 신동우가 유리하면 그게 더 이상한 거다.

"그래서 그걸 중화시킬 방법이 필요합니다. 야쿠자의 말을 듣지 않을 정도, 아니, 그 사이에서 벗어나고 싶은 가장 큰 이유."

"그게 삼합회군요."

"네."

야쿠자보다 삼합회의 보복이 더 극단적인 건 다 아는 사실이다.

야쿠자가 표적만 죽인다면 삼합회는 가족을 몰살시킨다.

표적의 가족 중에 여자가 있다면 곱게 죽이지 않고.

"하지만 삼합회가 전쟁에 끼어들려고 할까요?"

아무리 삼합회라고 할지라도 섣불리 야쿠자와 각을 세우며 대립하지는 않을 것이다.

노형진도 그걸 알기에 조금씩 조금씩 움직인 것이다.

"그 마작 게임장은 이제 삼합회의 보호로 넘어갈 겁니다. 그런데 여기서 문제가 생기죠."

삼합회의 욕심을 생각하면, 그들이 보호라는 미명하에 그냥 돈만 조금 받고 야쿠자와 싸우려고 하지는 않을 것이다.

아마도 그곳을 통째로 집어삼키려고 할 것이다.

"그런데요?"

"하지만 누군가 그곳에 투자를 한다면 어떨까요?"

"네?"

"그곳에 누군가 투자를 해서, 그 가게가 전국 체인이 된다면?"

"그러면……."

신동하는 그 생각을 하다가 노형진이 무슨 생각을 하는지 알아차렸다.

"그러면 삼합회가 끼지 않을 수가 없군요."

"네, 그들이 끼지 않을 수가 없지요."

누군가 투자를 해서 전국 체인을 만들고자 한다면, 돈이 되는 걸 아는 삼합회가 끼지 않을 수가 없다.

어떤 조직이든 자금 세탁을 하기 위한 곳이 필요하고, 마작 도박장은 그들의 적성에 딱 맞다.

세탁과 동시에 막대한 돈을 끌어들인다.

"그리고 그 도박장을 운영할 줄 아는 사람은 한 명뿐이죠."

다름 아닌 차우 쉔.

'그러면 차우 쉔은 자금의 흐름을 읽을 수 있게 되지.'

노형진은 분명히 차우 쉔에게 삼합회의 핵심 자리를 주겠다고 했다.

향후 차우 쉔이 투자를 받아서 마작 체인점을 이끌게 된다면 그는 자금을 관리하는 핵심 부서까지 갈 수밖에 없다.

그 기업을 가진 사람도 공식적으로 차우 쉔이고 그 운영 방식을 아는 사람도 차우 쉔이니까.

'모든 조직에는 인텔리가 필요하다.'

무식하게 칼만 휘두르는 조직은 오래가지 못한다.

이곳으로 들어올 정도 규모의 삼합회라면 어떤 계파이든 간에 절대 작은 계파는 아닐 테고, 그들은 머리를 쓸 사람이 필요할 것이다.

"무슨 뜻인지 알겠습니다."

이 과정에서 대룡은 쏙 빠진다.

나중에 드러난다고 해도, 대룡은 눈 뜨고 코 베인 꼴로 보일 것이다.

투자해서 만든 회사를 삼합회가 통째로 집어삼켰으니까.

'철저하게 피해자 포지션을 지킨다.'

하지만 내부적으로는 다르다.

삼합회 내부에 스파이를 심었다.

그리고 신동하에게는 삼합회라는 배경을 만들어 주는 것이다.

"그러면 제가 가서 투자를 받아야 하나요?"

"그건 아닙니다. 공식적으로 투자 계획을 발표만 해 주시면 됩니다."

"투자 계획만요?"

"네. 전처럼 말이지요. 그러면 저희가 알아서 하겠습니다."

노형진의 말에 신동하는 고개를 끄덕거렸다.

"그건 어렵지 않겠네요."

그렇게 하나씩 차근차근 계획이 진행되어 갔다.

⚖

얼마 후 신동하는 마작 게임 센터에 투자하겠다는 계획을 발표했다.

물론 그 협의 대상은 다름 아닌 차우 쉔이다.

"이거 어쩌죠?"

차우 쉔에게 보호를 요청받은 적용파는 고민에 빠졌다.

"투자금이 얼마라고?"

"일단 300억을 예상한답니다."

"일단?"

"네, 일단요."

"적은 돈이 아닌데."

적용파의 보스는 입술을 깨물었다.

자신이 일본에서 조직을 이끌고 있다고 하지만 본토에 비할 바가 아니어서 고민이 많았다.

더군다나 상부에서는 제대로 일을 못한다고 그를 자를 생각도 하고 있는 상황이다.

"마작 게임 센터를 집어삼키기만 하는 건 무리겠지?"

"무리입니다, 따거."

처음에는 지켜 준다고 적당히 폼만 잡다가 집어삼키려고 했는데, 갑자기 투자가 결정되었다.

그것도 중국에서 자본을 투자받아서 활동하는 사업가다.

"위에 보고하고 결정해야 할 듯합니다, 따거."

"끄응……."

일본인 투자자가 붙어 있는 회사를 빼앗으려고 하면 일본 경찰이 가만히 있을 리 없다.

그러니 그건 무리다.

"차라리 기회가 아닐까요?"

"기회?"

"이미 마작 게임 센터의 수익률은 증명되었습니다. 이걸 전국으로 퍼트리고, 우리가 거기에 투자해서 수익을 내는 겁니다.”

“그건 좋은 생각이기는 한데……..”

“어차피 사장은 우리 형제 아닙니까?”

먹잇감에서 갑자기 형제로 신분이 급상승하는 차우 쉔.

아마 그가 옆에서 들었다면 기가 막혀서 혀를 끌끌 찼을
것이다.

“어차피 자금 확보를 위해서라도 뭐든 해야 하지 않습니
까? 아시겠지만 야쿠자의 주요 수입원이 바로 파친코 아닙
니까?”

“그건 그렇지. 그래서 한국인 주인도 많지.”

“우리도 그런 게 필요하다고 생각합니다.”

사람들이 잘 모르는 사실 중 하나가, 의외로 일본의 파친
코 주인 중에서 한국인 비율이 높다는 것이다.

그건 두 가지 이유 때문에 그렇다.

하나는 사회적으로 무시받는 재일 한국인들이 할 수 있는
직업이 많지 않다 보니 그쪽으로 흘러가서였다.

과거에 경제의 몰락으로 파친코가 급락했을 때 일본인들
은 털고 나왔지만, 한국인 주인들은 털고 나올 수가 없었다.

달리 할 수 있는 게 없었으니까.

그렇다 보니 지금은 의외로 재일 한국인인 주인들이 많다.

다른 하나는 같은 원인으로 야쿠자 내부에 많아진 재일 한
국인들이 수익 창출을 위해 파친코에 투자해서였다.

"우리는 그걸 마작으로 대신하자?"

"그겁니다."

중독성은 마작이 더 강하다.

그런 만큼 자신들이 싸우기 시작하면 이기게 된다.

거기에다 저쪽에서 먼저 보호를 요청한 만큼, 자신들이 가지고 가는 비율을 더 높게 잡을 수도 있다.

'그러면 위에서도 좋은 소리가 나오겠지.'

거기까지 생각이 미치자 그는 고개를 끄덕거렸다.

"좋아, 그쪽에 대해서도 이야기해 봐. 가게 하나에서 나오는 수익이라고 해 봐야 뻔하지만 투자를 해서 전국 체인으로 바꾼다면 이야기가 달라지지."

그들은 탐욕스럽게 눈을 번뜩거렸다.

"허, 이런 거였습니까?"

차우 쉔은 외부의 발표를 보고 입을 쩍 벌렸다.

"불법은 아닙니다. 투자금이 작기는 하지만 수익이 확실시된다면 더 투자를 할 수도 있지요."

노형진은 그렇게 말하면서 속으로 주먹을 불끈 쥐었다.

'일본의 멍청한 정치인들에게 영광이 있으라, 으하하하.'

그들이 도박을 흐리멍덩하게 처리한 덕분에 이런 식으로

장사를 하면 도박이 널리 퍼질 수밖에 없다.

지금이야 마작만이지만, 노형진은 다른 도박도 널리 퍼트릴 계획이다.

'더군다나 몇 년 후면 총리가 도박을 합법화한단 말이지.'

이번 계획을 준비하면서 노형진은 미래의 기억이 하나 생각났다.

바로, 일본의 총리가 갑자기 도박을 합법화한 것.

공식적으로는 외국인 관광객 유치가 목적이지만, 실질적으로는 일본 내에 문제가 너무 많아져서 우민화정책을 강화하기 위한 것이었다.

'그리고 그때가 피크지.'

파친코와 다르게 마작은 공간이 많이 필요하다.

애초에 노형진은 그걸 감안하고 공간을 크게 넓히고 있었고.

'그리고 합법화되면 일시에 카지노로 바꾼다.'

그러면 일본인들이 카지노를 세우기 전에 카지노 시장을 선점해서 그 돈을 쪽쪽 빨아먹을 수가 있게 된다.

그와 동시에 일본의 문화 자체를 썩어 문드러지게 만들 수도 있고.

국가에 도박이 퍼진다는 것은 정상적인 상황은 아니니까.

멀쩡한 국가도 사방이 도박판이 된다면 망해 가는 게 정상이다.

'그리고 야쿠자의 세력이 줄어들겠지.'

상대적으로 카지노화가 쉽지 않은 것이 바로 파친코다.

게임기를 죽 붙여서 한다는 특성상 많은 공간을 차지하지 않기 때문이다.

당연히 파친코는 장사가 안되는 반면 카지노는 장사가 잘 될 것이다.

그러면 파친코를 자금줄로 삼는 야쿠자의 세력이 줄어들고 삼합회는 세력이 커질 테니 그들의 분란은 심해질 것이며, 일본 정부는 그 문제로 아주 골머리를 앓게 될 것이다.

'어디 한번 죽어 봐라, 후후후.'

누구에게도 말하지 못하는 긴 작전이지만, 노형진은 벌써부터 속이 시원한 기분이었다.

아마 일본 정부가 아차 싶을 때는 나라가 아주 개판이 되어 있을 가능성이 높다.

도박의 확대에 노형진은 최선을 다할 테니까.

정치적으로 하나 풀어 주는 건 쉽지만 그걸 다시 묶는 것은 어렵다.

관련자들의 저항이 강하기 때문이다.

그리고 그쯤 되면 일본 정부와 선을 만들어 둘 테니 일본은 아마 도박 천국이 될 것이다.

'그러고 보니 일본 은행도 하나 구해 놔야 하나?'

그래야 도박 자금을 빌려주고 악착같이 돈을 빼 갈 수 있을 테니까.

일본이 한국에서 대부 업체를 만들고 돈을 빼 간 것처럼 말이다.

'뭐, 그건 나중에 하고.'

노형진이 생각에 빠져 있는 사이 차우 쉔은 눈만 데굴데굴 굴리고 있었다.

"투자 자체는 차우 쉔 씨와 할 겁니다. 중국 쪽 자본이 차우 쉔 씨에게 투자되는 거죠. 그러면 삼합회는 차우 쉔 씨에게서 가게를 빼앗지 못하게 될 겁니다."

노형진의 말에 차우 쉔은 고개를 끄덕거렸다.

그도 요원으로서 충분히 훈련을 받았기에 다음 상황이 예상이 갔다.

그가 관리하는 규모가 커지면 삼합회는 그를 외부인으로 둘 수가 없다.

그렇다고 말단 취급을 할 수도 없으니, 자금을 관리하는 핵심으로 끌어들이려고 할 것이다.

'그리고 중국 삼합회에 들어가겠지.'

그는 자신도 모르게 노형진을 바라보았다.

다른 부서에서는 삼합회의 핵심 부서에 들어가기 위해서 최소한 10년 이상의 장기 작전을 짠다.

그런데 몇 달 되지도 않아서 그는 주요 핵심 부서에 자리 잡게 된 것이다.

그것도 기존 작전으로 올라간 부서보다 훨씬 높게 말이다.

자금 흐름을 관리하는 부서가 절대 낮을 수는 없으니까.

"하지만 여전히 이해가 안 가는 게 있는데요."

"어떤 거 말씀이시죠?"

"제가 들어가는 건 좋은데, 그것과 대동의 싸움이 무슨 관계가 있는 거죠? 그리고 다른 곳도 노 변호사님 작전을 따라 마작 게임 센터를 만들 텐데요."

"따라 하는 부분은 걱정하지 마세요, 후후후."

그럴 수도 있다.

딱히 특허를 낼 만한 방식의 운영이 아니니까.

'하지만 몇 년만 지나면 상황이 바뀌지.'

다른 곳은 규모가 작을 수밖에 없다.

노형진처럼 대규모 투자를 하지는 않을 테니까.

그러니 카지노가 합법화되면 카지노로 바꿀 수 없게 되어 자연도태 될 것이다.

"그리고 대룡 쪽도 다 계획이 있습니다."

노형진은 씩 웃으며 말했다.

⚖

얼마 후 신동하는 마작 게임 센터에 대한 대대적인 투자 계획을 발표했다.

1차 투자금만 해도 300억. 절대 적은 돈이 아니다.

그리고 그 돈은 당연하게도 중국에서 모아서 투자되기 시작했다.

애초에 노형진이 그에게 투자되는 돈은 중국에서 오는 것으로 꾸몄으니까.

"투자 의사가 있다고 하네요."

신동하는 자신에게 투자하겠다고 한 사람들의 명단을 건넸다.

"박 부장님이 그 사람들에 대해 조사해 봤는데, 삼합회 인사들이 적지 않답니다."

"그럴 겁니다."

적지 않은 정도가 아니라 생각보다 많을 것이다.

구조상 그럴 수밖에 없다.

"왜 이렇게 투자를 하려고 하는 거죠?"

"중국의 정치 구조 때문이죠."

"중국의 정치 구조요?"

"네, 제가 간단한 문제를 하나 내죠. 공산주의에 반대되는 제도가 뭐지요?"

"그거야 민주주의 아닙니까?"

"땡. 틀렸습니다."

"네?"

틀렸다는 말에 신동하는 깜짝 놀랐다.

그건 다들 기본 상식이라 생각했기 때문이다.

"공산주의의 반대말은 자본주의죠."

공산주의는 모든 것을 공유한다는 공유 경제가 핵심 개념이다.

그리고 민주주의는 모든 국민의 권한은 같다는 것이 핵심 개념이고.

"어?"

그러고 보면 이상한 소리이기는 하다.

도리어 공산주의가 모든 인민은 평등하다고 주장하니까.

"경제적 문제와 정치적 문제는 전혀 다르죠."

공산주의는 경제적 평등, 민주주의는 정치적 평등이다.

"그런데 그거랑 해외투자랑 무슨 관계죠?"

"중국은 공산주의국가입니다. 지금이야 자본주의를 받아들여서 자본주의 시스템으로 굴러가고 있지만, 구조적인 특징은 일당독재의 전형적인 공산주의국가죠. 이게 무슨 말이냐면, 개인이 자본을 가지고 있지만 그건 공식적인 게 아니라는 겁니다."

"아, 그러네요."

어느 사이엔가 세계의 공장이라 불리면서 자본주의의 첨병이 되어 버린 중국이다.

하지만 공식적으로 중국은 공산주의국가이고, 공산주의는 개인의 자본을 인정하지 않는다.

"실제로 부자라고 해도 중국 정부에 찍히면 재산을 빼앗기는 것은 순식간이지요."

물론 공식적으로 자신이 회사를 이룩해서 번 돈에 대해서는 그러한 방식을 취할 수가 없다.

그랬다가는 전 세계의 투자금이 모조리 빠져나갈 테니까.

"하지만 범죄자가 벌어들인 돈은 그런 보호가 힘든 것이 사실입니다. 그들이 노력한다고 해도 말이지요."

거기에다 중국은 그러한 범죄에 대한 처벌이 무척이나 강하다.

"까딱 잘못해서 걸리면 하루아침에 전 재산을 빼앗기고 머리에 총알이 박히는 게 중국입니다."

실제로 중국에서 정치인이 몰락하자 그를 후원하던 거대 그룹이 하루아침에 사라진 경우도 있다.

공식적으로는 부패가 원인이기는 하지만, 그가 몰락하자 그의 반대파가 기업에 보복한 것이다.

"그래서 그들은 그 돈을 세탁하려고 하는 거군요."

"삼합회 입장에서는 그럴 수밖에 없지요."

그들이 가장 안전하게 돈을 지키는 방법은 그 돈을 중국이 건드릴 수 없는 외국에 투자를 하는 것이다.

깔끔하게 세탁해서 말이다.

"음, 의외네요."

"뭐가 말입니까?"

"삼합회쯤 되면 중국 정부와 손잡을 수도 있지 않나요?"

신동하의 말에 노형진은 살짝 미소를 지었다.

그가 그런 말을 할 만했으니까.

사실 삼합회는 세력이나 버는 돈만 보면 절대 작지 않다.

그러니 일본처럼 정치권과 손잡고 주무를 수 있다고 생각할 수도 있다.

한 가지 문제점만 해결된다면 말이다.

"그들에게는 인민해방군이 있지요."

"네?"

"정치권이 조직폭력배와 손잡는 건 부족한 무력을 채우고 은밀하게 청소를 하기 위해서입니다. 그런데 중국은 그럴 필요가 없습니다. 중국의 군대인 중국인민해방군은 중국이라는 국가의 군대가 아니라 공산당이라는 당의 군대거든요."

신동하는 움찔하더니 설마 하는 얼굴이 되었다.

"중국과 북한은 그런 구조로 되어 있지요."

중국군이라고 부르니까 국가의 군대라고 생각하기 쉽다.

하지만 현실적으로 중국군은 공산당의 군대라서, 다른 정치적 의견을 가질 수조차 없다.

바로 반동으로 몰려서 끌려가니까.

"중국의 무력을 이끄는 사람들이 왜 삼합회와 손잡겠습니까?"

"그건 그러네요."

아무리 삼합회가 덩치가 크다 한들 중국군을 이길 수는 없다.

"실제로 그런 일도 있었지요."

모 장군이 어떤 호텔에 갔다가 모욕을 당했다.

그 호텔이 삼합회 쪽에서 운영하던 곳이었는데, 장군을 알아보지 못하고 그가 실수로 깬 컵에 대한 보상으로 터무니없는 돈을 요구한 것이다.

화가 난 장군은 휘하의 특수부대를 호출해서 호텔을 박살냈다.

"정상적인 국가라면 가능하지 않을 일이지요. 하지만 중국은 가능합니다."

그들의 소속이 국가가 아니라 당이기 때문이다.

그리고 장군은 공산당의 당원이다.

그것도 아주 고위직 당원.

"그러니 그들이 돈을 빼내려고 하는 거군요."

신동하는 이해가 가는 듯 고개를 끄덕거렸다.

"그러면 제가 뭘 어쩌면 되나요?"

"일단 투자가 완료되면 그 후에 공개적으로 신동우를 펀드시면 됩니다."

"공개적으로요?"

"네, 공개적으로요."

노형진은 미소를 지으며 말했다.

"제가 간단한 소문을 내겠습니다. 그리고 그 소문이 모든 문제를 해결해 줄 겁니다, 후후후."

신동우는 신동하를 바라보았다.

아무것도 없는 쓰레기였기에 언제나 무시했던 신동하.

자신의 배다른 동생.

그런데 그런 그가 두 번째 협상을 하러 왔다.

"내 편에 서겠다고?"

"전에도 말했지만 형한테 좋은 감정을 가지고 있지는 않지만 동성이 그 새끼보다는 나으니까."

실실 웃는 신동하.

"네가 무슨 힘이 있다고?"

신동우는 코웃음을 쳤다.

물론 과거의 쓰레기 시절보다는 나아졌다고 하지만, 자신 휘하에 있는 공장 하나보다 작은 힘을 가지고 있는 것이 현실이다.

"전에도 그 소리 하지 않았나?"

신동우는 자신도 모르게 눈을 찌푸렸다.

그랬다. 만일 그때 신동하가 아니었다면 자신은 저항은커녕 찍소리도 못 하고 쓸려 나갔을 것이다.

"그때는 비밀을 알려 준 거지만, 지금은 달라. 네가 나한테 돈이라도 줄 수 있을 것 같아?"

자존심 상한 신동우는 애써 부정했다.

그러나 그다음 말에 그는 얼굴이 딱딱하게 굳었다.

"돈은 아니지만 힘은 빌려줄 수 있지요."

"힘?"

"형님도 지금쯤 동성이 그 새끼의 힘이 어디서 오는 건지 알 텐데?"

"큭."

모를 리 없다, 조사를 했으니.

문제는 그걸 자신이 해결할 수가 없다는 것이다.

그들에게는 월급이 아닌 생명이 문제였기 때문이다.

"알고 있다. 요로치구미가 범인이지. 그래서 요로치구미에 협박이라도 하려고?"

"그럴 리가. 하지만 다른 조직을 소개시켜 줄 수는 있지."

"다른 조직?"

"삼합회."

신동우의 얼굴이 딱딱하게 굳었다.

삼합회라니…….

"너 미친 거냐?"

"미친 게 아니야. 지금 중국에서 오는 돈의 출처가 어디라고 생각해?"

"큭."

신동우는 아차 싶었다.

신동하의 자금줄이 중국계인 것은 널리 알려진 사실이다.

지금까지야 그 근본에 대해 알아보려고 하지 않았지만…….

'알아봐야 삼합회가 나오겠지.'

삼합회가 투자를 하도록 그들이 좋아하는 시장을 만들었고 그들의 돈만 골라서 받았다.

그러니 조사를 해 봐야 나오는 건 삼합회다.

"너 무슨 짓을 하려는 거야? 야쿠자와 삼합회 간에 전쟁이라도 시킬 생각인 거야?"

"그럴 리가. 하지만 우리도 협박을 할 수 있게 된 거지."

"뭐?"

"지금 형이 불리한 이유가 뭐라고 생각해?"

"그건…….."

자신의 명령을 일선의 사장들이 들어먹지를 않아서다.

그들은 야쿠자에게 협박을 받고 있으니까.

"그들에게 삼합회가 접근한다면? 그래서 협박을 한다면?"

"뭐?"

순간 신동우의 머릿속에 번개가 쳤다.

상반된 협박으로 양쪽에서 접근한다면 과연 사장들은 어떤 생각을 할까?

"그렇군. 그건 딱히 삼합회와 야쿠자가 싸울 만한 일이 아니군."

물론 트러블이 있기는 하겠지만, 그걸 가지고 두 집단이 충돌할 가능성은 거의 없다.

조직원을 직접 건드린 것도 아니고, 싸워 봐야 이득도 별로 없으니까.

"하지만 당하는 사람들 입장에서는 아마 환장할걸."

어느 쪽을 선택하든 남는 것은 죽음뿐이다.

그러니 그들은 무엇도 선택할 수가 없다.

탈출구는 단 하나.

"선택할 수 있는 자리에서 벗어나는 거지."

그가 회사를 그만두면 양쪽 다 더 이상 건드릴 이유가 없게 된다.

그만뒀다고 보복하기에는, 그만두는 사람이 너무 많을 테니 야쿠자도 손을 쓰지 못할 것이다.

"어차피 형님의 말에 반하는 놈들이라면 없어도 상관없잖아. 아니, 없어져야 하는 거 아니야?"

"그건 그렇지."

자신의 사람이라면 모를까, 전쟁에서 동생의 파벌이라면 없어지는 게 상책이다.

"그들이 우리에게 넘어오게 할 수는 없지만 스스로 물러나게 할 수는 있지."

내 것이 될 수 없다면 누구의 것도 되지 못하게 한다는 계획.

"너, 의외로 독한 놈이구나."

"어쩔 수 없잖아. 그 새끼가 이기면 날 가만둘 것 같아?"

"그건 그렇지."

자신이야 무시하면서 상대도 해 주지 않는 걸 선택했지만, 신동성은 아니다.

그는 신동하를, 혐오를 넘어서 증오한다.

"대신에 조건은? 맨입은 아닐 텐데?"

억울하기는 하지만 지금 신동우에게 있어서 신동하의 힘은 절대적으로 필요하다.

그런 만큼 어쩔 수 없이 신동하에게 넘겨줘야 할 게 있다.

그런데 신동하가 요구한 조건은 의외로 받아들일 만한 것이었다.

"시즈미유통 쪽 주식을 줬으면 좋겠는데."

"뭐? 하지만 그건 동성이 건데?"

시즈미유통.

일본 내 대동의 물품 중 식료품을 유통하는 회사다.

사실상 계열사지만, 세금 때문에 별도의 회사로 분리되어 있다.

그리고 그 소유주는 신동성.

쉽게 말해서 내부 거래를 피하기 위해 가면을 쓴 회사다.

'멍청한 새끼. 그건 내가 나중에 자르면 그만이다.'

신동우는 속으로 비웃음을 날렸다.

내부 거래를 피하기 위해 시즈미유통을 만들었지만, 나중에 신동성이 쓰러지고 난 후 그곳과 손을 끊으면 거기 주식은 쓰레기가 된다.

그런데 신동하가 그걸 달라는 거다.

자신은 손해가 전혀 없다.

"좋아. 단, 그건 우리가 승리하고 난 후야. 무슨 뜻인지 알지? 너와 난 공식적으로 한배에 탄 거야."

"알고 있어."

신동하는 그렇게 말하면서도 한편으로는 불안했다.

'하필이면 왜 시즈미야?'

하지만 노형진은 그곳을 받아야 한다고 굳이 요구했고, 자금을 지원받는 신동하 입장에서는 거절할 수가 없었다.

"좋아. 그러면 내가 알아서 처리하지, 후후후."

신동하는 자리에서 일어났다.

그리고 나가면서 전화를 걸었다.

"난데, 시작해."

⚖️

요지로와 사장단은 얼굴이 시커멓게 변해 있었다.

원래 신동우의 파벌이었던 그들은 야쿠자의 협박에 신동성에게 넘어갔다.

그런데 요즘 들어서 분위기가 심상찮았다.

"후지타 상이 심각하게 다쳤답니다."

후지타는 그들과 같은 처지의 사장이었다.

그런데 그런 그가 퇴근길에 납치당해서 개가 처맞듯이 맞았다.

무려 사흘이나 두들겨 맞고 집 앞에 버려졌지만, 그는 신고도 하지 못했다.

신고하는 순간 그의 두 딸과 아내에게 사람을 보내겠다는 협박 때문이다.

"미친 짓입니다, 이건."

야쿠자가 협박해서 넘어갔는데, 신동우 쪽에서는 삼합회가 끼어들었다.

물론 그건 거짓말이다.

노형진은 삼합회라는 소문을 냈을 뿐이고, 후지타를 팬 것은 삼합회가 아니라 노형진이 따로 고용한 중국인들일 뿐이었다.

하지만 그들이 그걸 알 수는 없었다.

"한쪽은 삼합회, 한쪽은 야쿠자. 우리더러 어쩌라는 겁니까!"

"생각해 보면 당연한 거였습니다. 신동우가 중국 진출에 얼마나 공을 들였습니까? 그런데 삼합회와 선이 없다면 그게 더 이상한 거 아닙니까?"

"하지만 소문으로는 그 라인은 신동하 쪽이라고 하던데요? 신동하가 신동우 라인에 섰다고."

"지금 그게 중요합니까? 당장 우리 목에 칼이 들어왔는데!"

누군가의 말에 다들 침묵을 지켰다.

"칙쇼."

얼마 전부터 날아온 협박들.

애써 무시하려고 했지만, 실제 피해자가 나온 이상 더는 무시할 수가 없었다.

더군다나 그 피해의 대상은 자신뿐만 아니라 가족까지 포함된다.

후지타의 경우, 두들겨 맞은 건 그 혼자였지만 납치된 건 가족들도 마찬가지였다.

그는 가족들 앞에서 두들겨 맞았고, 다음 차례는 너희들이라는 말에 가족들은 집 바깥에도 나가지 못하고 틀어박혀 있었다.

"야쿠자한테 보호해 달라고 해 볼까요?"

"그게 먹히겠습니까?"

야쿠자는 경호원이 아니다.

그들은 뜯어먹을 뿐이지 지켜 주지는 않는다.

애초에 보호비라는 것 자체가 너희를 보호해 줄 테니 돈을 달라는 게 아니라, 너희한테 깽판 치지 않을 테니 돈 내놓으라는 의미가 아닌가?

"설사 그들에게 이야기한다고 해도, 그들이 뭐 우리를 위해 싸워 줄 것 같습니까?"

그럴 리 없다.

물론 그들이 어떤 목적을 가지고 접근한 건 사실이지만,

그들에게 보호를 요청하는 순간 삼합회는 자신들의 목을 따기 위해 접근할 것이다.

"그러면 어쩌자는 겁니까, 네? 이쪽도 저쪽도 고를 수가 없는데! 중립 선언이라도 할까요? 그게 가능하다고 생각하세요?"

국가도 아닌 일개 회사의 사장일 뿐이다.

그룹 총수의 싸움에서 중립이라는 것은 없다.

"전 그만두겠습니다."

"네?"

"이대로 있다가는 다 죽게 생겼는데 이대로 있을 수는 없지 않습니까?"

"그건……."

틀린 말이 아니다.

어느 쪽을 선택하든 죽는다면, 그 자리를 벗어나는 것이 상책이다.

"내가 먹고살려고 일했지 모가지 따이려고 일했습니까? 우리가 무슨 전국시대 무장입니까?"

싸움에 패하면 모가지가 따이는 전쟁이 되어 버렸다.

단순한 금전의 문제가 아니라 진짜 목숨이 걸린 일이 되어 버리니 부담은 이루 말할 수가 없었다.

"어차피 먹고살 만큼은 돈 벌어 놨으니 난 여기서 빠지겠습니다."

"끄응……."

"여기서 회의한다고 해결책이 나오는 것도 아니고, 중립을 지킨다고 해 봤자 양쪽 다 우리 모가지를 노릴 겁니다. 그러면 무슨 의미가 있겠습니까?"

차라리 모든 것을 다 버리고 이곳을 떠나는 게 그들에게는 살아남는 유일한 방법이었다.

"전 이만 가 보겠습니다."

"지금 바로요?"

"오늘 아침에 우편으로 제 아들 사진이 왔더군요."

모두 움찔했다.

누군가는 겪었던 일이고, 누군가는 겪을 일이기에.

"누가 이기든 내가 먹을 건 그대로인데 내가 왜 목숨을 겁니까?"

일본인이 상관에게 충성을 다하는 것은 사실이지만, 그건 어디까지나 가족의 목숨이 걸리지 않았을 때의 이야기다.

"난 가겠습니다."

남자가 바깥으로 나가고 난 후에도, 회의실에는 긴 한숨소리만 들릴 뿐 해결책은 나오지 않았다.

⚖

"대동이 난리가 났더군."

유민택은 흡족한 표정이 되었다.

"협박이 제대로 먹힌 모양이야."

야쿠자들이 제대로 알아차리기도 전에 사장들은 사표를 냈다.

야쿠자들이 아차 싶어서 상황을 알아봤을 때는 대부분의 사장 자리가 공석이 되어 버린 후였다.

"지금이야 그렇지만 장기적으로는 실제 삼합회나 중국 폭력 조직을 넣는 게 좋다고 생각합니다."

"어째서 말인가?"

"기업은 누군가가 그 자리를 채우기 마련이니까요. 우리가 지금 대동의 내전에 끼어들어서 신동하의 편을 들어 주고 있다고 하지만, 결론만 말씀드리면 대동은 적입니다."

"그건 그렇지."

유민택은 고개를 끄덕거렸다.

신동하가 완전히 승리한다면 모를까, 신동우가 승리한다고 해도 적이고 결국은 계속 싸워 가야 한다.

"사장 자리나 주요 임원 자리가 비어 있는 기업이 잘 굴러가지는 않을 테니까요."

"아아, 무슨 뜻인지 알겠네."

결정권자가 그만두면 그 조직에서는 다음 사람이 결정을 하기 마련이다.

하지만 그 사람에게도 똑같이 협박이 들어간다면 그 사람도 그만둘 테고…….

"기업이 결정되는 것 없이 멀쩡하게 굴러갈 리 없지."

설사 사장으로 발령된다 한들 협박을 받는다는 걸 아는데 누가 덥석 받아들이겠는가?

그건 가서 죽으란 소리나 마찬가지인데.

"거기에다 지금은 빈자리가 되었죠. 사람이 파벌을 만들 뿐, 기업이 파벌을 만드는 건 아니죠."

기업 자체는 대동의 일부일 뿐이다.

그 말은, 신동우와 신동성은 지금부터 그 자리에 자기 사람을 집어넣기 위해 미친 듯이 치고받기 시작할 것이라는 의미다.

"내전이 장기화되겠군. 역시 자네가 나서야 일이 제대로 된단 말이지."

신동우가 밀리던 가장 큰 이유가 사라졌으니 싸움은 이제 동수를 이루게 되었다.

적당히 야쿠자들만 견제한다면 싸움은 오래갈 것이다.

"그런데 말이야."

"네?"

"왜 하필이면 시즈미유통인가? 거기는 자르면 그만인데."

물론 유통 회사가 사회적으로 큰 힘을 발휘하기는 한다.

하지만 일본 내의 대동 식료품만을 담당하는 유통 회사다.

그 말은, 신동우가 이긴다고 해도 거래를 끊으면 회사가 사라진다는 거다.

"큰 조건을 달면 신동우가 거부할 테니까요."

"그래도 너무 작은 것 같은데. 아니, 사실 의미가 없는 거래 같은데?"

차라리 신동성이 가진 주식을 좀 받는 게 더 나을 것 같다는 생각에 유민택은 고개를 갸웃했다.

"그렇겠지요."

노형진은 실실 웃었다.

그도 신동우가 이기면 거래를 끊을 거라는 걸 알고 있다.

"하지만 그렇기 때문에 그곳을 달라고 한 겁니다."

"응? 어째서?"

"신동성의 회사니까요. 우리는 신동우의 편처럼 보여야지, 진짜 그의 편이 되면 안 됩니다, 회장님."

유민택은 아차 싶었다.

대동의 몰락을 바라는 거지 신동우의 승리를 바라는 게 아니니까.

"신동하는 시즈미를 탐낸다, 이런 소문을 내는 게 제 목적입니다."

신동우가 이겨도, 어차피 신동하가 받는 주식은 터무니없이 작을 것이다.

그리고 그다음에는 청소될 테고.

"하지만 신동하가 간절히 원하는 것을 신동성이 가지고 있다고 소문이 돈다면, 불리해진 신동성이 어떤 카드를 들고 나올까요?"

"시즈미로군."

시즈미를 주겠다, 또한 거래도 확보해 주겠다, 대신에 내 편으로 넘어와라.

"넘어갈 핑계를 만들어 둔 거군."

"지금 뭘 받든, 신동우는 우리를 배신할 겁니다. 그렇다면 우리도 배신할 준비를 해 줘야지요."

"으하하하하!"

자를 걸 알기에 배신할 수 있도록 노형진이 꾸민 것이다.

"선을 미리 만들어 두는 것은 중요합니다."

나중에 신동성이 불리할 때 가서 내가 너희 편을 들어 주겠다고 하면 의심할 것이다.

하지만 원하는 걸 줄 테니 이쪽으로 넘어오라고 상대가 먼저 내미는 손을 잡는 것은 전혀 다른 일이다.

"결국 긴 싸움이 될 수밖에 없겠군."

"이이제이라는 거죠."

적을 이용해서 적을 없애는 전략.

"누가 이기든 승리자는 우리가 될 겁니다, 회장님."

노형진은 자신 있게 말했다.

범인은 있지만 사건이 없다

　새론이 미결 사건을 처리하기 시작하면서 많은 미결 사건들이 새론에 접수되었다.

　그리고 검찰과 새론은 그러한 사건들을 하나씩 해결했다.

　일각에서는 이제는 수사조차도 돈을 받고 해야 하느냐며 욕하기도 했지만, 대부분의 사람들은 공권력이 제대로 해결해 주지 않는 사건을 억울한 피해자들이 돈을 내서라도 해결하는 게 왜 나쁘냐며 반박했다. 실제로 경찰에서 바쁘다는 핑계로 버리는 사건들은 어마어마했기 때문이다.

　그런데 그런 사건의 당사자가 검사일 수도 있을 줄은 아무도 몰랐다.

　"사건을 해결하고 싶다고요?"

"그러네. 자네가 도움을 줄 수 있지 않을까 해서 찾아왔네."

노형진은 옆에 있는 오광훈을 뚫어지게 바라보았다.

그러자 오광훈은 슬쩍 시선을 돌렸다.

'저놈의 시키가 뭘 짓을 한 거야?'

다른 사람도 아닌 검사가 사건을 의뢰하러 왔다.

그것도 미결 사건을.

상식적으로 말이 안 된다.

새론에서 해결하는 미결 사건은 주로 경찰에서 제대로 조사조차 해 주지 않는 것들이다.

그런데 검사라는 존재는 결국 사건의 조사 권한이 있는 사람이 아닌가?

직접 조사를 할 수 있는 검사가, 자비를 들여 가며 새론에 일을 맡기면 여러모로 그림이 좋지 않다.

더군다나 찾아온 검사의 직위도 부담스럽기 그지없었다.

'서울 검찰청의 지검장이라니.'

검찰이 대놓고 '나는 무능합니다.'라고 자인하는 꼴이다.

서로 싸우는 게 검사와 변호사지만, 그렇다고 해서 무능의 프레임을 뒤집어씌우는 건 피해야 한다.

"그래서 오광훈 검사를 데리고 온 거네. 두 사람이 각별하다면서?"

"어…… 각별하다면 각별하기는 하지요."

일단 세상에 두 명뿐인, 죽음으로부터의 생환자이니까.

"오광훈 검사와 같이 미결 사건을 좀 해결해 주게. 공식적으로는 인지 수사로 해 줬으면 좋겠네. 내가 의뢰했다는 건……아무래도 검사의 위신이 있으니까."

"그런가요?"

노형진은 도대체 이해가 안 간다는 듯 오광훈을 바라보았다.

도대체 뭔 짓을 했기에 그가 다른 사람도 아닌 서울검찰청 지검장과 친해진 것일까?

"크흠……."

그게 궁금하기는 하지만 일단 사건에 대해서 물어봐야 한다.

사건의 상황을 봐서는 도무지 이해가 가지 않으니까.

"그런데 어떤 사건이기에 검사님이 나서서 의뢰를 하시는지 모르겠습니다. 검사님께서 직접 수사하셔도 되지 않습니까?"

"검사란 직업은 범인을 잡는 직업이지."

그는 씁쓸하게 웃으며 말했다.

"하지만 진실을 찾는 직업은 아닐세."

"그게 무슨 말씀이신지?"

"사건 자체는 끝났네."

"네?"

사건 자체가 끝났다고? 그런데 무슨 미결 사건이란 말인가?

하지만 이야기를 들으면서 노형진은 그가 왜 온 건지 알수 있었다.

"97년도쯤에 주식환이라는 사람이 있었지. 자네, 그 사건

아나?"

"주식환요? 잘 모르겠습니다."

"널리 알려진 사건은 아니었지. 사실 그 당시가 널리 알릴 만한 때도 아니었고."

여러 가지 사회적 문제로 인해 정부에 부담이 되는 것을 쉬쉬하던 시절이었다.

IMF가 터지고, 정부는 그걸 막기 위해 사력을 다하고 있었기 때문이다.

"그때 연쇄살인 사건이 있었네."

"연쇄살인 사건요?"

"그래. 주식환은 그 사건의 범인이었고."

그는 그 당시 평검사로 활동하면서 주식환을 잡았다고 한다.

전국을 돌면서 살인을 일삼던 주식환은 잡는 것도 까다로웠다고 한다.

전국을 돌아다니면서 여자를 납치해서 무차별적으로 살해하고 암매장하는 방식.

그렇다 보니 처음에는 사건의 존재 자체도 몰랐다.

더군다나 그때는 집안이 망해서 가출하는 사람들도 어마어마했기 때문에, 실종신고를 해도 경찰이 제대로 수사하지도 못했다.

지금이야 그게 상습이 되어서 아예 안 해 버리지만.

"그런데 어떻게 잡은 겁니까?"

"말 그대로 우연이었지."

범인인 줄 알고 잡은 게 아니었다.

원래는 다른 사건으로 추적하고 있었는데 그를 체포한 현장에서 살인의 증거가 나온 것이다.

그걸로 조사한 결과, 그가 전국을 돌아다니면서 연쇄살인을 저질렀다는 사실이 드러났다.

"그러면 사건이 다 해결된 건데요. 아, 혹시 누명을 쓴 건가요?"

"아닐세."

'하긴, 그렇겠지.'

주식환이 누명을 쓴 거라면 눈앞에 있는 이 사람이 누명을 씌운 사람이 되어 버리니까.

"그는 확실히 살인을 자백했네. 증거도 나왔고. 유죄가 인정되었지."

"그러면 사건이 해결된 것 맞잖습니까."

"그래. 한 건만 말이지."

"네?"

"내가 아까 연쇄살인이라고 하지 않았나?"

"네. 그런데 한 건만이라니……."

"한 건에 대한 증거만 나왔네."

체포할 당시에 주식환이 타고 있던 차의 트렁크에서 시신이 나왔다.

사람을 죽이고 암매장하려고 이동하다가 다른 사건으로 체포되면서 드러난 사건이었던 것.

　"자네, 사건이 해결되었다는 것이 뭐라고 생각하나? 범인이 누군지 아는 것? 그를 잡는 것?"

　"그렇군요. 무슨 뜻인지 알겠습니다. 자백은 했으나 증거는 없다는 거군요."

　"역시 소문대로군. 자네 말이 맞아. 자백은 했지. 총 열여덟 건의 살인에 대해 자백을 했네. 내 하늘에 맹세코 고문 같은 건 하지 않았네."

　열여덟 건에 달하는 살인을 자백했다.

　하지만 그가 가진 살인의 증거는 고작 하나뿐.

　"형사소송법 310조가 문제가 된 거군요."

　형사소송법 310조.

　피고인의 자백이 그 피고인에게 불이익한 유일의 증거인 때에는 이를 유죄의 증거로 하지 못한다는 법조문.

　쉽게 말해서 살인을 했다는 자백을 해도, 그걸 입증할 수 있는 증거가 없다면 그 죄는 인정되지 않는다는 뜻이다.

　원래는 고문이나 정신적 압박으로 죄를 뒤집어씌우는 것을 막기 위해 만들어진 법이다.

　"그러면 열일곱 건은 인정되지 않고 한 건에 대해서만 인정되어서 처벌받았겠군요."

　"그래."

그러면 이해가 간다. 아무리 IMF라고 하지만 열여덟 건의 범행을 저지른 연쇄살인범 검거가 뉴스에 나가지 않을 리 없다. 하지만 인정된 것은 고작 한 건의 살인이고, 그 당시 살벌한 나라 상황 때문에 살인도 적잖이 벌어지던 시기였으니까……

그러니 알려지지 않았던 것이다.

'그리고 그 정도 사건이면 전공 서적에도 안 실리지.'

인정된 것은 한 건뿐이니까.

"그래서 내가 온 거네."

"확실히 애매한 사건이군요."

묻지 마 납치 살인이었기 때문에 유가족들이 누군지도 모른다. 경찰 입장에서도 이미 범인을 잡았으니 수사를 할 이유가 없다.

"잘 설득해서 매장지라도 알아내면 되지 않습니까?"

노형진은 간단하게 생각했다.

일단 설득해 보고, 안되면 그냥 기억을 읽기로.

그런 사건이라면 쉽게 해결할 수 있을 거라고 생각했다.

하지만 일이 그렇게 호락호락하지 않았다.

"죽었네."

"네?"

"수감 생활 중에 죽었네. 잡히고 5년 후에. 암이었지."

"잠깐만, 그러면 그 남은 사건들은요?"

"말 그대로 미결 사건이 된 거지."

"끄응…… 이건 쉽지 않겠는데요?"

미결 사건은 여러 가지가 있다.

하지만 대부분 범인이 누군지 찾는 것이지, 지금처럼 범인을 아는데 사건을 모르는 경우는 드물다.

"그 당시 실종 사건 같은 건 확인해 보셨습니까?"

"한두 건이 아니라네. 시대가 시대이지 않나?"

"하아."

도무지 감을 잡을 수 없을 정도로 가출이 넘쳐 나던 시절이니 특정한다는 것은 결코 쉬운 일이 아닐 것이다.

물론 유가족들은 내 아이가 그럴 리 없다고 말하겠지만, 대부분은 똑같은 소리를 한다.

"이미 사건이 해결되었다고 볼 수도 있지. 범인은 감옥에서 죽었으니까. 하지만 자네도 알겠지만 피해자의 생사가 확인되고 시신이 그들에게 돌아가고 나서야 가족에게는 고통의 시간이 끝나는 걸세."

자신의 아이가 사라졌다는 그 고통.

실종자들의 가족들은 말한다.

하다못해 죽었다는 소식이라도 듣기를 원한다고.

시신이라도 찾기를 원한다고.

헛된 희망이라는 것도, 결국 그들에게는 고통이기에.

"난 그 희생자들을 가족들의 품에 돌려보내고 싶네."

찾지 못한 17구의 시신. 그걸 찾고 싶다는 것이 그의 바람이었다.

"미결 사건이라고 해야 하나요?"

노형진은 머리를 긁적거렸다.

어떻게 보면 미결 사건이라고 볼 수는 없다.

하지만 분명 아직까지 그 피해자들은 고통받고 있을 것이다.

그들에게는 분명 미결 사건이다.

'사전적 의미에서 보면 해결된 사건이기는 하지만.'

노형진은 고개를 끄덕거렸다.

"그 사건, 하지요."

"그래 주겠나?"

"네, 기꺼이요."

⚖

"네가 무슨 수로 지검장이랑 친해진 거야?"

"어? 술 마시다가?"

"술?"

"응. 스타 검사들이 요즘 잘나가잖아."

아무리 스타 검사라고 해도 서울 지검장이면 하늘 같은 자리다. 당연히 만날 때마다 그들은 잔뜩 얼어붙었단다.

한 놈만 빼고.

'그래, 네가 알 리 없지.'

그는 천연덕스럽게 엉겨 붙었는데, 그걸 지검장이 받아 줘서 어쩌다 보니 친해졌다는 것.

'몰라서 친해진 거네.'

일반 검사라면, 지검장급이라고 하면 엉기기는커녕 긴장해서 숨도 못 쉴 것이다.

거기에다 서울 지검장이면 말 그대로 승진 코스니까.

'이놈의 무식이 좋은 건지 나쁜 건지 모르겠다.'

하지만 그 덕에 생각지도 못한 사건이 들어왔다.

"그런데 이 사건 기록은 확실한 거야?"

"그걸 나한테 왜 물어? 본다고 내가 아나?"

"그래, 알 리 없지."

노형진은 한숨을 쉬면서 서류를 살폈다.

사건 자체의 기록은 발견된 한 건의 살인에 대한 내용이 대부분이었다. 나머지 기록은 부실하기 이를 데 없었다.

"입증 자체를 포기한 것 같은데?"

"듣기로는 방법이 없었다고 하더라고."

처음에는 멋모르고 살인 사건을 전부 자백했다.

하지만 변호사를 만나고 난 후 바로 묵비권 행사로 넘어갔다는 것.

"끄응. 이건 뭐 뻔하네."

자신이라도 이런 경우는 묵비권을 행사하라고 할 것이다.

증명하지 못하는 살인은 살인이 아니니까.

"결국 그렇게 열일곱 건은 묻혀 버렸네."

살인 사건으로 7년 형을 받았다.

하지만 5년째 되던 해에 암으로 사망.

"설득은 안 해 봤대?"

처음에는 형량을 줄이기 위해 묵비권을 행사했을 것이다.

하지만 암이 걸리고 죽음이 임박하면, 사람은 양심의 가책이라는 것을 느끼기 마련이다.

그때 제대로 설득했다면 그 시신이 묻혀 있는 장소를 찾을 수 있었을지도 모른다.

"교정 시설에서 검사에게 일일이 연락해 주지는 않잖아. 죽은 것도 한참 지나서 알았대. 자발적으로 입을 열지도 않았고."

"그거 참 문제네."

하긴, 아무리 검사라고 할지라도 이미 감옥에 가 있는 범죄자에게 신경 쓰는 것은 쉽지 않다.

더군다나 그 당시만 해도 지검장은 평검사였다.

한창 일이 많고 일에 치일 시기이니, 이미 감옥으로 보낸 범인에 대해 계속 조사하는 것은 쉬운 일이 아니었을 것이다.

"결국 그래서 시신을 찾아 달라는 건데……."

노형진은 턱을 스윽 문질렀다.

쉽지 않은 사건이다.

일단 범인은 이미 죽었다.

그러니 그 관련 기억을 읽을 방법이 없다.

"그나저나 전국적으로 돌아다니면서 살인했다면서? 그런데 어디에 있는지 일일이 찾을 수 있겠어?"

"그건 아닌가 봐."

"응? 그건 아니라니?"

"살인 자체는 돌아다니면서 했지만 시신은 같은 곳에 묻었대."

"얼씨구."

노형진은 눈을 찌푸렸다.

하지만 대충 이해가 갔다.

그건 범인의 일종의 사인 같은 거다.

특정 장소에다 묻어 버리는 것, 그게 그의 사인인 셈이다.

"정말 최후까지 누구한테도 아무 말 안 했고?"

하다못해 감방 동료에게라도 말했으면 좋았겠지만, 그는 최후의 순간까지도 입을 꼭 다문 듯했다.

"완전히 머리 아픈 일이네, 이거."

노형진은 일단 주식환의 기록을 살폈다.

가장 먼저 그가 시신을 감췄을 만한 곳을 예측해 보기 위해서였다. 그러나 그것도 신통찮았다.

"고아였나?"

고아로 태어나서 고아원만 네 곳을 돌아다녔다.

그리고 그중 세 곳은 사라졌고 한 곳은 이미 재건축을 한 상황.

시신이 그 근처에 묻혀 있었다면 재건축을 할 당시에 발견

되었어야 마땅하지만, 나온 것은 없었다.

"학력은 중졸이고, 노가다로 하루하루 먹고사는 사람이었고……."

자연스럽게 한 지역에 고정되어 사는 게 아니라 공사판을 따라 이리저리 돌아다니면서 여관에서 숙식을 해결하는 삶을 살았던 주식환.

그 당시의 불우한 가정환경의 표본 같은 모습을 보여 주는 삶이었다.

'그렇다고 해서 살인이 용서되는 건 아니지만.'

어찌 되었건 상황 자체가 너무 좋지 않았다.

그가 생활한 반경이 너무나 넓었다.

애초에 정착이라는 것을 해 본 적이 없었으니.

"삶을 추적해서 장소를 찾는 것은 무리겠는데."

오광훈도 대충 주워들은 지식이 슬슬 생겨서 기록을 보면서 입맛을 다셨다.

'딱히 기억도 없고.'

혹시나 해서 확인해 봤지만 아니나 다를까, 그가 사용했던 모든 물건은 이미 소각된 후였다. 하긴, 애초에 그가 죽은 지 벌써 10년도 넘었으니 그걸 특정하는 것은 불가능할 것이다.

"증거에도 딱히 뭐가 있는 건 아니고."

거기에다 어느 지역에서 얼마나 죽였는지도 모른다.

유일한 증거는 그가 진술 초기 변호사가 동석하기 전에 했던 열여덟 건의 살인 자백뿐.

그중 한 건만 증거가 있으니까…….

"유전자 검사 결과도 마찬가지란 말이지."

주식환은 고아여서 제대로 공부를 못 했지만 범죄자로서는 재능이 있었던 모양이다.

그는 모든 옷은 살인하기 전에 시장에서 새로 사서 한 번 쓰고 버렸다고 했다. 시장에서 몇천 원짜리 옷을 사서 쓰고 바로 태워 버렸으니 옷을 가지고 추적하는 것도 불가능했다.

'그 당시에는 CCTV도 지금처럼 많지 않았고.'

그걸로 추적이 가능했다면 아마 다른 시신들 역시 찾을 수 있었을 것이다.

'교도소에 가서 기억을 읽어야 할까?'

하지만 다짜고짜 가서 '기억을 읽게 그가 쓰던 방을 보여 주십시오.'라고 할 수도 없는 노릇이다.

"너는 뭐 느낌 오는 거 없냐?"

"전혀."

"생각 좀 하고 답하지? 너도 어차피 범죄자 출신이잖아. 동질감을 느낀다거나 그런 거 없어?"

노형진의 말에 오광훈은 피식하고 웃었다.

"남한테 그렇게 동질감을 잘 느끼는 새끼가 깡패 노릇을 하겠니?"

"와, 네놈한테 내가 말로 밀리는 때가 올 줄이야."

틀린 말이 아니다.

그런 걸 못 느끼니까 깡패 노릇을 했을 것이다.

"끄응…… 그러면 이 녀석이 시신을 어디다 처리했을까?"

"영화처럼 공구리 치는 데 담갔을까?"

"그건 영화일 뿐이야. 현실에선 거의 불가능해."

"응? 안 돼?"

"그래, 안 돼. 그러고 보니 너 뻔질나게 공구리 친다고 하던데, 실제로 해 본 적이 있긴 한 거냐? 해 본 놈이 왜 이렇게 몰라?"

"뭐, 말이야 뭐든 못 하겠냐? 겁줄 때 그런 거 쓸 만하거든. 드럼통 하나 가져다 두고 옆에서 쎄멘, 아니 시멘트를 비비면 대부분 알아서 기어. 때리는 것보다 훨씬 낫지. 때리면 돌려보냈을 때 흔적이 남잖아. 그거 보고 다른 놈이 신고할 수도 있고. 이건 그냥 씻기고 옷만 갈아입히면 티도 안 나니까 협박할 때 가끔 써먹었지. 거기에 넣고 시멘트를 담기 시작하면 똥오줌 싸면서 살려 달라고 하지. 거기까지는 해 봤어도 사실 진짜 공구리 작업은 안 해 봤어. 그런 거 밥 먹듯이 하는 놈이었다면 내가 다시 살아났을 것 같지는 않은데? 일종의 말버릇 같은 거야."

노형진은 그 말에 고개를 끄덕거렸다.

왜 그를 다시 살려 보낸 건지는 아직도 모르겠지만, 그렇게 살인을 밥 먹듯이 하던 놈이라면 그를 살려 보내지도 않았을 것 같았다. 조폭이라고 해서 다 살인을 하는 것은 아니니까.

사실 조폭 중에서도 살인까지 저지르는 놈들은 막장 중의 막장이다.

"그 좋은 머리로 공부를 하지 그랬냐. 왜 그런 데 머리를 굴려?"

노형진은 한숨을 쉬며 말했다.

"일단 법의학 상식이니 알아 둬. 콘크리트로 시체를 감추는 건 쉬운 게 아니야."

영화나 미드에서 보면 콘크리트 안에 시신을 넣어서 감추는 장면이 많이 나온다.

하지만 그건 말 그대로 영화의 장면일 뿐이다.

"애초에 그러기 위해선 콘크리트를 미터 단위로 쌓아 올려야 할걸."

"어째서?"

"사람의 몸에는 생각보다 염분이 많아."

그리고 콘크리트의 최악의 적은 염분이다.

그래서 염분이 섞인 모래를 쓰면 콘크리트는 쉽게 부서진다.

"거기에다가 시신이 썩으면서 나오는 가스가 생각보다 많거든."

결국 두 가지가 상호작용을 일으킨다.

시신의 염분으로 인해 콘크리트가 약해지고, 가스가 그 안에 차면서 벽은 볼록하게 부풀어 오른다.

콘크리트라는 것이 건축자재인지라 늘어나는 성질은 없기 때문에, 부풀어 오른 콘크리트에 금이 가서 그 틈으로 쌓여 있던 악취가 한꺼번에 새어 나오기 시작한다.

만일 시신을 바닥에 눕혀 둔 경우, 그 안에서 시신이 썩어 공간이 비면서 그 부분이 푹 꺼지기도 한다.

"그래서 벽이나 바닥에 숨겨 둔 시신은 그런 식으로 발견되는 경우가 많아."

"그거 확실한 거야?"

"확실한 거야."

미국에서 마피아가 가장 선호하던 시체 처리 방식이 그거였다. 그러나 나중에 그게 다 드러나면서 문제가 되기도 했다.

"물론 미터 단위로 쌓아 올리는 공사판도 있겠지. 하지만 거기에서 주식환만 일하는 게 아니잖아?"

그렇게 콘크리트를 가져다 부을 정도면 대단위 공사장일 테니 당연히 다른 사람도 있을 것이다.

야간에도 경비원이 있을 테고.

"밤에 몰래 가져다 넣는 건?"

"콘크리트는 생각보다 빨리 말라."

낮에 작업을 하고 밤에 시체를 던져 넣는다고 해도, 자국은 남을지언정 영화처럼 천천히 콘크리트에 빠지지는 않는다.

"그리고 그런 공사장에서 그런 작업은 레미콘을 불러다가 부어 버리지 귀찮게 사람이 일일이 삽으로 비벼 가면서 하겠어?"

"그런가?"

"그래."

당연히 주식환이 레미콘을 불러서 부을 수는 없으니 그건 불가능하다.

"거기에다, 생각해 봐. 건물에는 철골이 들어간다고."

"아아."

안전을 위해 콘크리트 내부에 철골이 들어가는 건축 공법 특성상 당장 넣는다고 해도 빠지지 않는다.

설사 그 위에 부어 버린다고 해도 문제다.

"사람의 덩치는 크거든."

설계상 높이 다 따져 가면서 만드는 게 건물인데, 사람 하나 높이만큼 바닥이 높아진다면 문제가 될 수밖에 없다.

더군다나 그 가스를 막기 위해서는 1미터 이상 콘크리트를 부어야 한다.

"그러니 공사판에 묻어 버린다는 것은 불가능한 거지."

"다른 방법은?"

"그걸 왜 나한테 물어? 검사는 너잖아."

"배우는 입장이잖아."

"끄응……."

노형진은 머리를 부여잡았다.

하지만 어쩌겠는가? 실제로 그는 배우는 입장이 맞다.

"땅속에다가 묻거나 바다에 빠트리는 게 보통인데."

"후자는 아닐 거야."

"어째서?"

"해변에다 던질 수는 없잖아."

한 해변에서 열일곱 개의 시신이 나왔다면 난리가 났을 것이다.

그걸 막기 위해서는 먼바다에다가 던지는 수밖에 없다.

"그런데 그가 가진 게 없잖아."

기록에 따르면 그에게는 아무것도 없었다.

부자라면 요트라도 의심해 보겠지만, 그는 배를 빌릴 돈도 없는 사람이다.

"더군다나 고정된 직장도 없는 그를 위해 시신을 감추는 것을 도와줄 사람이 있을까?"

"그건 그렇지?"

아주 친하다면 그럴 수도 있다.

하지만 무려 열일곱 건이다.

그걸 과연 해결해 주려고 하는 사람이 있을까?

"그러면 남은 건 땅이네."

"그래. 문제는 그 공간이 너무 넓다는 거야."

주식환이 개인적으로 땅을 가지지 못했다고 해도, 한국에는 개발 가능성이 0%인 땅이 넘쳐 난다.

그리고 국유지 같은 경우에는 감시 시스템도 없다.

"결국 그런 곳을 골랐다면 답이 없다는 거지."

하물며 사유지라고 해도, 산 같은 곳은 산 전체를 개발할 일은 드물다. 어지간한 높이가 아니면 산사태도 일어나지 않으니 시신이 드러날 가능성도 없고.

"개인 소유의 산이라고 해도 들어가는 게 아주 어려운 것도 아니니까."

"와, 너무 넓네."

"그게 문제야."

노형진은 머리를 긁적거렸다.

"결국 이걸 알 만한 사람은 한 명뿐이지."

문제는 그 사람이 과연 이야기해 줄까 하는 것이었다.

"모릅니다."

단호하게 말을 자르는 여자 변호사의 태도에 오광훈의 이마에서 혈관이 슬슬 솟아났다.

노형진은 그런 오광훈을 진정시키면서 그녀에게 말했다.

"이미 의뢰인은 사망했습니다. 해당 비밀을 누설한다고 해도 문제가 되지는 않습니다."

"압니다. 저도 변호사입니다. 하지만 모르는 건 모르는 겁니다."

그녀는 주식환의 사건을 담당했던 변호사였다. 그리고 그 당시에 주식환에게 다른 사건에 대해 진술을 하지 말라고 조언한 변호사이기도 했다.

'문제는 그게 법적으로 잘못은 아니라는 거지.'

그러니 그녀를 처벌한다거나 하는 것은 불가능하다.

애초에 그런 걸 원하지도 않았고.

"저희가 원하는 건 그저 시신을 찾아서 유가족들에게 돌려보내 주는 겁니다."

"압니다. 그런데 같은 말을 몇 번이나 하게 하는 겁니까? 모르는 건 모르는 겁니다."

"진짜로 어떤 이야기도 들은 적이 없습니까?"

"없습니다."

"하지만 관련된 진술, 뭐든지 간에……."

"내가 왜 내가 담당하는 사건도 아닌 것에 대해 질문을 해야 하지요? 그냥 입 다물고 있으면 끝인데."

노형진을 향해 비웃음을 날리는 여자 변호사를 보면서 오광훈은 발끈했다.

"네가 그러고도 인간이냐?"

"오광훈 검사라고 했나요? 세상 물정을 모르는군요. 그게 법인 것도 모르면서 검사 합니까?"

"나는 최소한 사람 노릇은 하고 산다."

"그럼 내가 하지 않았다는 사람 노릇은 대체 뭔가요? 애초에 변호사의 최선은 의뢰인이 처벌을 받지 않게 하는 것 아닌가요?"

"그건 그렇지요."

노형진은 길게 한숨을 내쉬었다.

"그 방법이 어떤 것이든 간에, 우리는 할 일만 하면 되는 거죠."

"이이이익!"

당장이라도 주먹질을 할 듯 손을 쳐드는 오광훈을 노형진은 애써 말렸다.

'완전 안 좋은 대상이 걸렸네.'

과거 변호사들의 세계는 무척이나 남성 지향적이었다.

그래서 그 당시 여자 변호사들은 그런 세계에서 살아남기 쉽지 않았다.

'그래서 나이 많은 여자 변호사들 중에는 저런 독한 사람들이 많지.'

다른 사람들이 보기에는 진짜 피도 눈물도 없는 변호사들이었다.

'그런 사람들이 자기 일은 철저하게 하지. 문제는 딱 거기까지라는 거고.'

주식환에게 말해서 묵비권을 주장하게 하기는 했지만, 그 사건에 대해 더 물어보거나 관련 자료를 보관하지는 않았다.

딱 거기까지가 자기 일이니까.

"그러면 그가 어디에 숨겨 놨을지 추측해 볼 만한 부분도 없습니까?"

"미안하지만 없습니다. 이미 죽은 사람에 대해 제가 시간 들여서 이야기할 필요는 없는 것 같네요. 이만 나가 주시죠."

변호사의 축객령에 노형진은 어쩔 수 없다는 듯 어깨를 으쓱하며 오광훈을 데리고 바깥으로 나왔다.

"와, 저 여자 뭐야? 미쳤나? 어? 저게 사람을 대하는 태도야?"

"어쩔 수 없어, 변호사 생활하다 보면."

"뭐?"

"변호사는 원래 냉소적인 부분이 강하다고."

안 그래도 온갖 더러운 부분까지 변호하는 게 변호사다.

자연스럽게 세상의 더러운 면을 지겹게 보게 된다.

그와 동시에 남녀 차별까지 당하면서 성장한 사람이니, 저런 식으로 비틀렸다고 해도 전혀 이상하지 않다.

"세상이라는 게 참, 인성이 진짜 중요하다 싶다. 인간이 어떻게 저렇게 비틀리냐?"

"조폭 출신인 네 입에서 들을 말은 아닌 것 같다만."

노형진은 머리를 긁적거렸다.

"그런데 진짜로 모르는 걸까? 혹시 감추는 거 아닐까?"

"아니, 그럴 필요는 없어. 진짜 모르는 거야."

만일 주식환이 살아 있다면 변호사의 비밀 유지 의무 때문에 말할 수가 없다.

하지만 주식환은 죽었다.

그러니 그 비밀 유지 의무도 사라졌다.

"지금 말한다고 해도 위법은 아니거든. 저 여자가 독한 여자이기는 하지만, 그게 저 여자가 거짓말을 하고 있다는 의미는 아니야."

도리어 그런 타입이기에, 알고 있다면 신경 쓰지 않고 말했을 것이다.

이미 끝난 사건이니 자신이 책임질 일도 없으니까.

"그런데도 말하지 않는다는 건 정말 모른다는 거지."

"싸가지는 없지만 거짓말은 하지 않는다 이건가?"

"그래. 기본에 충실한 아줌마일 뿐이야."

"아줌마? 결혼했다고? 저 성격으로?"

"우리한테 눈 치켜뜬다고 성격 나쁜 거 아니다. 반지 끼고 있는 거 못 봤냐?"

"헐."

"검사가. 능력 좀 키워라."

노형진은 혀를 끌끌 차면서도 한편으로는 머릿속이 복잡해졌다.

'분명히 어딘가에 묻어 놓기는 했을 텐데.'

주식환의 삶의 방식이나 배움의 수준을 생각하면 다른 방법을 찾아내는 것은 무리다.

문제는 생각할 수 있는 땅덩어리가 워낙 넓다 보니 찾는 것도 쉽지 않다는 것이다.

"일단 피해자라도 특정되어야 하는데."

묻지 마 살인이라고 하지만 공통점이 아예 없는 것은 아닐 것이다. 물론 진짜로 아예 공통점 없이 살해하는 놈들도 분명 극히 일부 존재한다.

"하지만 그 녀석은 스스로 여자만 죽였다고 했어. 여자만 노리는 살인의 경우, 보통 여성에 대한 혐오로 살인하는 경우가 많아. 즉, 특정한 특징을 가지게 된다는 거지."

"여성에 대한 혐오? 아니, 왜 여자를 혐오해? 미친 거 아냐?"

"미친 거 맞아. 쉽게 말해서 남자로서의 자긍심이라고 해야 하나, 자존심이라고 해야 하나? 그런 게 다치는 거지."

남자라는 존재는 자존심으로 산다고 할 정도로 자존심이 강하다. 그런데 자존심이 강하다는 것과 자존감이 강하다는 것은 전혀 다르다.

"같은 거 아냐?"

"전혀 달라."

자존심은 자존감과 일견 비슷해 보인다.

하지만 미묘하게 다르다. 그도 그럴 것이, 자존감이 높은 사람은 자연스럽게 자존심도 높아지기 때문이다.

하지만 자존심은 높은데 자존감이 낮아질 수 있다는 점에서 그 차이가 드러난다.

"그런 경우가 문제가 되는 거야."

자존감은 낮은데 자존심이 강한 경우, 외부의 반응에 너무 강하게 반응한다. 자신을 보호하기 위해서다.

그래서 여성 혐오성 살인자의 경우 대부분 여성에 대한 강한 증오심을 가진다.

　　"어째서? 그 여자들이 자기한테 뭘 잘못했다고?"

　　"그냥 기분 나쁘다고 해야 하나? 그런 거지."

　　노형진은 머리를 긁적거렸다.

　　"자기를 받아 주지 않으니까."

　　상식적으로 생각하면 주식환의 상황은 일반적인 여성들이 좋아할 수 있는 조건은 아니다.

　　고아 출신에, 중졸에, 직장도 일당직 노가다.

　　"같은 조건인데도 불구하고 멀쩡한 사람들은 멀쩡하거든."

　　똑같이 고아원을 나왔어도 누군가는 대학까지 나오고 좋은 사람을 만나서 결혼하고 잘 먹고 잘 산다.

　　"그런데 그는 중졸이야. 말 그대로 법에서 정한 최소한의 학력만 딴 거지."

　　사실 고등학교에 진학하는 건 어려운 일이 아니다.

　　그때까지는 정부에서 지원이 나오니까.

　　"그럼에도 불구하고 주식환은 고졸이 아니라 중졸이야. 즉, 스스로 삶을 놔 버린 거지."

　　'나는 고아니까 막살겠어.'라고 막살다가, 나이 먹고 나니 도태되는 것을 느꼈을 것이다.

　　"그리고 그 책임을 주변에 돌리기 시작하는 거지. 여자가 내 마음을 받아 주지 않는 게, 내가 못나서가 아니라 여자가 나빠서라고 말이야."

"그런 미친놈이 많아?"

"의외로 많다."

그런 인간들은 여자에게 차이는 것을 버티지 못한다.

자신이 못났다는 것을 인정하기 싫은 것이다.

"그럴 거면 죽으라고 해. 남자가 가오가 있지, 자기 못난 걸 남한테 뒤집어씌우나?"

"너도 잘난 건 아니잖아? 아니지, 아니었잖아?"

"그래, 나 못났어. 그래서 난 대놓고 나 못났다고 인정하고 살았다. 조폭이기는 하지만 말이지, 그래도 선은 안 넘었다 이거야. 물론 가끔 진짜 공구리 작업하고 싶었던 새끼들이 없었던 건 아닌데……."

"아아, 거기까지만."

노형진은 고개를 흔들었다. 이건 자존감의 문제가 아니라 그냥 생각이 없는 게 문제이지 싶다.

"그래서 너는 주식환이 죽인 사람이 누군지 알아야 특정할 수 있다고 생각하는 거지?"

"그렇지."

하지만 발견된 피해자는 한 명뿐이다.

한 명만으로 범행의 특징을 잡는 건 무리가 있다.

특징이라는 것은 남과 다른 무언가니까.

"그걸 알면 찾을 수 있어?"

"당연히 찾을 수…… 아니, 없겠구나."

노형진은 아차 싶었다.

공통적 특징이라는 것은 여러 사람을 비교했을 때 드러나는 것이다. 하지만 지금 드러난 상황은 공통적인 특정이 아니라 개인의 특징일 뿐이다.

그것만으로 실종자를 추적하는 것은 의미가 없다.

"더군다나 실종자들이 한두 명도 아니고."

인종적 문제도 있다.

미국 같으면 한 명의 실종자라고 해도 몇 가지 특징은 잡을 수 있다. 금발 머리에 백인 여성, 파란 눈 같은 식으로 말이다. 전형적인 서양 여성이지만, 정작 그 수는 얼마 되지 않으니까.

하지만 한국은 무조건 검은 머리에 동양인으로 인종이 한정되어 있으니 그런 검색도 불가능하다.

"고아원 출신이라고 했지? 한 곳은 여전히 운영 중이라고 했고."

"어."

"일단 거기 가서 이야기를 들어 보자. 주식환에 대해 누가 알 수도 있으니까."

그거 말고는 솔직히 노형진도 답이 안 보였다.

다음 권으로 이어집니다

이한성 현대 판타지 장편소설

못 나가던(?) 싱어송라이터
뮤지션의 정점에서 세상을 노래하다!

가망 없는 싱어송라이터의 꿈을 접고
영세 엔터테인먼트의 사장이 된 한지혁,
소속 가수를 구하려다 사망……
눈떠 보니 과거로 돌아왔다?

음악의 신들이 당신의 뒤에서 웃음 짓습니다

귀 밝은 악성, '들리지 않는 예술가'
전설의 기타리스트, '여섯 현의 마술사'
록밴드의 신화, '또 하나의 여왕'
매력 넘치는 신들과 함께라면 어떤 장르든 OK!

건드리는 음악마다 히트, 또 히트!
만능 엔터테이너 한지혁의 짜릿한 성공기!

철 哲宗 종

강동호 대체역사 소설

『효종』『대망』의 작가, 강동호!
미래의 지식으로 군림할 철종과 돌아오다!

4년 차 역사학 시간강사 태수
전임 교수 임명에 제외된 날 트럭에 치였는데
정신을 차리니 철종이 되었다?

세계열강이 아시아를 욕심내는 1850년대
조선을 지키기도 벅찬 마당에
국정 농단으로 나라를 좀먹는 세도정치와
온갖 패악을 부리는 서원까지……

내탕금을 털어 키운 정보 조직을 이용해
내부의 적은 때려잡고
화폐개혁과 군사제도 역시 개편해
전쟁의 역사에 맞서 조선의 운명을 뒤바꾼다!

예정된 혼돈의 시대
시간을 거스른 철종, 진정한 군주가 되어
조선을 지키고 세상을 가질 것이다!